My Truth is perfect beauty

조광호

신부, 인천가톨릭 조형예술대학 명예교수. 1947년 강원도 삼척에서 태어났으며 1979년 성 베네딕도 수도회 사제로 서품되었다. 서울 가톨릭대학 신학부와 독일 뉘른베르크 조형예술대학 및 동 대학원을 졸업했다. 한국주교단 출판국장, 인천가톨릭대학 조형예술대학 학장을 역임했다. 1999년 문화영성지 『들숨날숨』을 창간했고, 가톨릭문인회 담임 사제로 문화와 영성의 융합연구를 했으며, 인천가톨릭대학 조형예술대학에서 후학을 양성했다. 국내외 40여 차례 개인전을 열었으며 은퇴 후, 동검도 채플을 설립했다. 현재 가톨릭조형예술연구소에서 종합적인 미디어아트 프로젝트를 수행하고 있다. 주요작품으로는 부산 주교좌 남천성당, 대구 주교좌 범어동성당, 부평4동성당 및 구 서울역 로비, 숙명여대, 서강대, 카이스트 등 국내외 40여 곳에 설치된 스테인드글라스 유리화와 서소문 성지 순교자탑, 강화 무명순교자탑 당산철교 대형 벽화 등 청동조각상과 대형 조형 작품 등이 있다.

표지 및 본문 그림 © 조광호

조광호 그림시집

흐름 위에서

조광호 그림시집

파람북

흐름 위에서, 흐름과 함께 　　　　　　—블루 로고스

나에게 그림을 그리고 글을 쓴다는 것은
고요 속에서 내면을 들여다보는 일입니다.
내 안 깊은 곳, 가늠하기 어려운 어둠 속에서
언뜻언뜻 스쳐 가는 빛의 눈부심에 대해,
그 두렵고 떨리는 설렘에 대해 조심스레 응답하려는
작은 몸짓입니다.

나에게 예술은 신앙을 표현하는 또 다른 방식입니다.
빛과 색채와 형태의 언어로, 은혜로운 모국어로,
초월과 내재의 거대한 로고스Logos* 흐름 위에서
그 말씀을 받아들입니다.

나는 이것을 "거대한 푸름Blue의 언어"라 부릅니다.

————————————

* 　'로고스'는 태초의 말씀이며 존재의 근원입니다. 그 말씀은 들리지 않지만, 형태로 드
　　러나고 공간 속에 빛으로 현존합니다. 나는 그 현존을 '푸름'이라는 미학적 정신으로
　　받아들입니다. 푸른 조형은 단지 시각적 질서가 아니라, 하느님의 질서와 창조의 구
　　조를 시각화한 것입니다. 그 안에는 초월과 내재, 영원과 순간이 서로 교차합니다.

그 푸름은 하늘과 땅 사이를 잇는 다리이며,
영원의 말씀이 시간 속에 스며드는 생명의 현현입니다.

그래서 나는 나의 여정을 "블루 로고스Blue Logos"*라
부릅니다.
내 척박한 사유를 언뜻 비추며 지나가는 저 푸른빛의 눈부심,
그 떨림을 담아내는 일입니다.

한순간도 머무를 수 없는 안타까움 속에서,
작은 숨결로 엄마를 쳐다보며 곁에 있음을 확인해야 하는
아기처럼, 나의 모든 작업은 영원하신 분의 말씀이
잠시 내 혼에 닿는 은혜로운 만남의 기록입니다.

이 책은 그 여정이 남긴 희미한 발자국입니다.
잠시 지나는 이 고된 삶의 기항지에서 만나서 그냥 반갑고
고마운 당신과 함께 나누는 정담의 귓속말이 되기를 바랍니다.

---

* '블루 로고스'는 보이지 않는 말씀을 조형의 언어로 번역한 조광호 신부의 신앙의 미
  학적 용어입니다. 그것은 영원의 시간 속에서, 말씀이 형상 속에서 드러나는 자리입
  니다. '블루 로고스'란, 영원의 말씀이 조형으로, 인간의 언어로 육화된 사건, 곧 하느
  님의 말씀이 형태로 빛나는 자리입니다.

그 누군가의 책장에 또 한 권의 책이 더해지게 되어
마음이 무겁기도 하지만, 행여 이 글이 어느 날 '흐름 위에'
한 줄기 빛으로 스며들 수 있기를 바라며, 숨 가쁘게 달려가는
세기의 경계에 서서 이 책을 세상에 내어놓습니다.

2025년 대림절

조광호 신부

1. 새벽 시편

1. 새벽 시편

창가에 기대어

갯골에 밀물
흘러드는 것을 바라본다

물은 갯벌에 섬 하나를 만들더니
흔적 없이 지워버린다

섬이 원래 있었던 것도
섬이 사라진 것도 아님에도
흘러들고
흘러나는
환영 같은 시간의 그림자 속
찬란하고 투명한 이별은
어찌하여 언제나
슬픈 여운을 남기는가

아무도 몰래 꽃이 피듯
무심히 갯벌에 물드는
갯가에 서면
코끝이 시큰해진다

꽃은 피었다 지고
곁에 살던 사람들은
말없이 홀연히
이 지구를 떠난다

무심하고 적막한
흐름 위에 오늘은
꽃 한 송이를 놓는다

염화강변 찔레꽃

끊어진 대지의 끝에서
시작되는 유배의 슬픈 땅
강화섬을 가로지르는
대곶 염하 강둑에
찔레꽃이 만발했다

심고 가꾸지 않아도
그냥 그대로 흐드러지게 피는 찔레꽃은
싱그러운 오월의 미풍 속에
또 하나 향기로운 강이 되어 흐른다

세상의 모든 화려한 장미를 낳은
어머니 꽃, 찔레꽃에는
이 땅의 가난한 어머니
하얀 무명적삼에
묻어나던 텅 빈
허허로운 허공의 향기가 그윽하다

그 향기 따라 소금 강 언덕길을 걷는다
오늘은 그 옛날 보릿고개

허기진 아지랑이 속으로
들어가 어머니를 만난다
어머니, 어머니, 어머니
석양의 소금강이 금빛 들물로 숨이 차다
어머니, 어머니, 어머니
천국에도 오월은 찔레꽃 향기의 강이 흐르는가요
어머니, 어머니, 어머니

동검도 아가雅歌

그렇습니다

우리들의 사랑은
영원히 지울 수 없는 수평선을 두고
하늘과 바다로 갈라져
그리움은
언제나 하늘만 한 바다이거나
바다만 한 하늘이었습니다

그가 하늘이었을 때
나는 바다였고
그가 바다였을 때
나는 그 바다 위에
무너진 천 길 만 길
눈먼 하늘바다가 되었습니다

눈부신 황혼의 밀물, 숨 차오름으로도
텅 빈 적멸 허공의 고요로도
잠재울 수 없고 멈출 수도 없는
소멸의 땅에서 영원을 노래하는
오, 아름답고 슬픈 간극의 사랑이여

하늘과 바다, 그 어디에도 남겨 둘 수 없는
마지막 목숨처럼 아껴둔 번뇌의 흔적이여
빛보다 더 밝은 어둠으로 태어나
빛보다 더 밝은 어둠으로 빛나는
오, 아름답고 슬픈 눈먼 사랑이여

비에 젖은 백합처럼

스무 해 전 어느 가을 오후
석양 짙은 신촌역 앞 노점에서
시골 할머니 거친 손바닥 위에 놓인
야생 백합 두 뿌리를 오천 원에 샀다

꽃이 어떻게 생겼는지도 모르면서
할머니 인상에 끌려 꽃 뿌리 두 개를 가져와
인천 송도 연구소 옥상
나무 데크 위 흙 속에 심었다
무심한 기도처럼 흙 속에 묻고는
이 사실을 까마득히 잊고 있었다

겨울이 지나고 봄이 오자

어느 날 데크 위에 낯선 새싹이 돋았다

모진 계절 이겨낸 꽃대궁이

망설임 없이 흘러가는 시간 끝에

층층이 푸른 날개 잎

꼭대기에 등불 같은 꽃봉오리를 맺었다

그리고 내가 태어난 유월 중순 어느 날

주황빛 향기 가득한 꽃을 피우기 시작했다

그리고 스무 해 동안 어김없이

그 춥고 혹독한 계절을 지나

한 해도 거르지 않고

해마다 이때가 되면 하늘 받들어 서원하듯

무리 지은 꽃 무더기가 하늘 향해 고개를 들었다

해마다 기력이 쇠잔해 가는 내 모습을
늙지 않은 저 꽃은 알고 있는지
올해도 내 앞에 꽃은 어김없이
주황빛 환호성으로
침묵 너머 소리의 절정을 이루었다

그러나 단 하루 밤새 내린 장대비에
물빛 머금은 꽃잎들이 바람에 나뒹군다
창 너머 깊은 침묵 속에 젖은 꽃잎을 본다

저 황홀한 꽃처럼 추락하던
절대 순수의 눈물겨운 내 젊은 날
초발심의 결행도 저러했다

장대 폭우 속에 온몸 적시며
돌아서던 결별로
사랑을 고백하던 빗물 창밖
내가 태어난
초여름 늦은 오후의 젖은 풍경

빗물에 젖은 세월의 창 너머
깊은 침묵 속에 젖은 꽃잎을 본다
그 출가의 결행으로
찢긴 내 청춘의 젖은 날개도
무너진 생존의 흙더미 위
비에 젖은 꽃잎인 것을
아, 이제야 비로소 깨닫는다

날개 없이 태어난 인간

날개 없이 태어난 인간은
늘 비상을 꿈꾸며 추락한다
비상의 꿈에서 깨어나는 순간
그 추락의 지점이
신의 가슴인 것을 깨닫고
비로소
날개가 없이 태어난 까닭을 깨닫는다

모순의 봄

겨울 끝자락에 매달린
갯벌의 봄은
모순의 극한에 핀
자목련처럼 핏빛 선연하고

아직도 오지 않은
미지의 사랑은
언제나 처절했다

추억의 설 풍경

대설주의보가 내린 오늘
까치설날 아침부터 눈 내린다
차고 눈부신 빛의 적멸寂滅
적막한 은령의 시간 너머로
잊었던 유년이 까닭 없이 살아나
설렘으로 숨이 차다

섣달그믐 장날
설빔으로 어머니가 사준 색동 목양말
석유 빛 비릿한 잉크 냄새가
허기진 내 유년의 공복을
멀미 지듯 황홀하게 흔들어
나는 아무도 몰래 천령의 꿈나라
스믈스믈 양 어깻죽지에 돋아나는
어지러운 날개 천사가 되었다

그때도 오늘같이

창밖엔 한없이 폭설이 쌓이고

차가운 눈 속에 따스한 은혜의 숨결로

순진무구 내 어린 가슴에

흰 눈꽃이 한없이 피어났다

어머니는

애야 일찍 자면 눈썹이 하얗게 쉰다고 하셨고

나는 이불 밑에 숨겨둔 색동설빔을 가슴에 안고

설날 아침을 기다리다가

눈썹이 하얗게 두 자나 자라나는 꿈을 꾸다

화들짝 놀라 엄마 나 어떡해 하고 울면

괜찮다, 괜찮다

어머니는 내 등을 토닥여주셨고

대청마루 난간에 서서

나는 캄캄한 엄동 하늘 천창을 뚫듯

따끈한 쉬 뿜기로

새해 새벽하늘을 열었다

마음의 꽃

성모성월 오월 초이레
강화 선원사 성원 스님께 얻은
연뿌리 두 개, 홍련 백련 하나씩
동검도 채플 흰 벽 아래 물웅덩이에 심었다

스님은 중복이나 말복쯤 꽃 구경할 거라는데
흙탕물 물웅덩이 바라보는 내 마음 눈에는
화안한 쌍련이 만발하여 바람에 살랑인다

이게 어찌 된 일인가
홍련 백련 사이로 수평선이 보이고
마니산 능선 아래 초피산도 보이고
갯벌 위 밀물 드는 모습도 보이는데

이게 어찌 된 일인가
코끝에 은은히 연향이 스쳐 가니
참으로 이상하고 신비한 일이다
꽃이 내 마음에 먼저 피었네

말복에 필 꽃이 진짜 꽃일까
지금 마음에 핀 꽃이 진짜 꽃일까

나무아미타불 관세음보살이시여
천사의 모후이신 성모 어머니시여

출가

떠나기 위해
따라가기 위해
길 나서던 그날은
달 저문 그믐이었다

숨 차오르듯
바닷물이 어둠으로 불어 오르고
계곡의 흰 물소리
어둠을 밝혀낼수록
밤은 더욱 깊어만 갔다

칠흑 같은 어둠 속에
별빛마저 잠기고
꿈도 생시도 아닌 강을 건너고
선도 악도 아닌 언덕을 넘어

찬란한 말씀

눈부신 바다 같은 그리움으로

쉼도 멈춤도 없이

재촉하며 지쳐버린

저 희디흰 물소리

무색무취 무상의 희미한 물소리

그 어딘가 적막 속에

숨 가빠 몰래 숨어

바람 한 점 없는

그 어느 세상의 끝을 적시는가

지구의 어느 외로운 극변

봄을 기다리는 나목처럼

멀쩡히 목마른 사람 하나

영원의 극변으로 소멸해가는

물의 숨결 곁에

소리 없는

어둠의 숨소리를 듣는다

나문재* 노을

노을은 하늘에서만 지는 것이 아니더라
조수가 드나드는 검은 갯벌 위
염분 머금고 자라는 붉은 나문재

그 어느 들불 같은 사랑이 있어
쓰디쓴 염기를 견뎌내고
스치는 햇살과 지나는 바람 속에
잊힌 이름 이름들 잎새마다 몰래 매달고
뜨거운 속울음 삭혀낸 그 빛
형언할 수 없는 그리움의 빛

* 서해안 갯벌에 기생하는 염생식물.

붉은 울음으로 번져

잿빛 하늘 아래 초록 섬 잠들고

검은 갯벌 위로 숨었던

깊고 깊은 신성의 저 붉은 입김

그 무엇으로도 형언할 수 없는

오묘한 천상의 붉은 빛

하늘 노을 없는 날에는

어렁 어렁 썰물 갯벌에 숨어

애타는 그리움으로 가슴 불태우는

붉은 나문재 노을

사람들은 왜 시를 쓰는가

사람들은 왜 시를 쓰는가

영원히 스쳐 지나가는 순간들

사라져버릴 감정들을 언어로 박제해

영원히 간직하려는

아주 오래된 인간의 갈망

철저히 유한 속에 갇힌 인간에게

어쩌면 이 욕망은

처절하기 그지없는

끝내 해갈치 못하는

욕망이기에 아름답다

어쩌면 슬퍼서 더 아름다운

눈이 내린다
밤새워 눈이 내린다
동토의 산하를 적막으로 덮더니
낡은 초가 같은 내 혼의 추녀 끝에
그윽한 신의 숨소리
밤새 눈이 내린다

서해의 황혼

8분 20초에
1억 5천만 킬로미터를 달려와
내 앞에
황홀한 설렘으로
흐름 위에 불타는
그대,
무상의 얼굴이여

마지막 겨울밤 풍경

어둔 밤
창밖에 눈이 내리고 있다

누구도 갈 수 없는
우주의 변두리
깊은 어둠 속에 하얗게 무너져내리는
은밀한 신의 숨소리

적멸의 하늘나라
텅 빈 허공 한 끝자리에
지금 막 태어난 알몸의 작은 별 하나
독거노인의 창에 얼어붙어 깜박거리고
길고 긴 불면의 밤
욕망의 허리에 무수히 비수를 꽂던
광풍의 비명과 아우성도 끝나고
이제는 슬픔에 지쳐 잠든 동토 위에서

신기도 하여라

텅 빈 무한 우주, 그 수많은 별 가운데

창백한 푸른 점, 작은 떠돌이별 위에

까닭 없이 홀로 머물다 가는

너와 나는 또 하나의 작은 떠돌이별

사람아, 사람아

천 길 만 길 어둠의 경계를 지우고 내리는

거친 저 눈보라의 오라토리오*

소리 없이 흐르는 은하의 하얀 겨울밤

쾌속으로 질주하는 지구 위에는

임종을 앞둔 누군가가 거친 숨을 놓아쉬고

하늘나라에는 푸른 아기별 하나가 다시 태어난다

---

*   oratorio. 종교음악의 한 가지. 성서 줄거리가 음악과 함께 연출되는 성가극으로 오페
라와 같이 배우가 출연하지 않는 종교적 극음악이다.

가을 풀벌레

그 어디론가 떠나야 했던 기항지
동검도의 가을 초저녁 밤은 깊고 그윽하다

귀뚜라미, 메뚜기, 방울벌레, 여치, 베짱이
매부리, 쌕새기, 땅강아지, 삽사리
날개와 몸통, 다리를 부비며
온몸으로 연주하는 생명의 노랫소리로
온천지가 현란해진 작은 섬 동검도는
깊고 깊은 어둠 속
우주의 그 어느 극변으로
한도 끝도 없이 둥둥 떠내려 간다

빛으로만 어둠을 몰아내는 것이 아니라
저 여리고 여린 미물들의 합창으로
완강한 어둠의 성이 허물어지고
밀물처럼 밀려오는 고요의 바다로
푸른 별빛 향기 가득한
물안개 사이로
끊어질 듯 끊어질 듯 끊어지지 않는
차마 멈출 수 없는 목숨 같은 그리움은
수신자 없는 하늘 허공에
새벽 별들이 되어

더 이상 아이를 낳지 않는
이상한 나라에 새 아침이 열린다

황산도에서

얼어붙은
동토의 갯벌 같은
내 영혼에
당신은
저녁 밀물로 스며들어

눈물도 메마른 내 가슴
텅 빈 물바다
하늘로 여시어
그 흔한 목선 한 척 없는
내 생애의 낯선 포구에

아무 일도 없었다는 듯
정말 아무 일도 없었다는 듯
어둠과 빛의 경계를 허물고
희끗희끗
눈보라가 날리시네

갈대는 흔들린다

생각해 보니   그때 더 열심히 했어야 했어요

생각해 보니   아닌 것 같아요

생각해 보니   안됐어요

생각해 보니   그때는 왜 그랬는지 모르겠어요

생각해 보니   가지 않았어야 했어요

생각해 보니   내가 용서를 청했어야 했어요

생각해 보니   나도 내 맘을 모르겠어요

자업자득

거미는 결코 자기가 짜 놓은
그물에 걸려 죽는 법이 없는데
사람은
밤잠 설쳐가며
평생토록 공들인
제 그물에 걸려 죽는구나

아까시나무 꽃향기

꽃비 내리는
유월의 동검도 채플
아까시나무 꽃향기에 온 세상이 취한다

아까시나무 꽃향기는
모질게 살아온 슬픈 생명의 향기
하얀 꽃 속에 비릿한 초록 향기로 스민다

새로 태어난 연록 잎새에 내리는
마지막 봄비
짧았던 봄날의 안타까운 향기에 취한
채플과 산과 바다
그리고 나마저
그윽한 향기 속에
신비한 어지럼에 젖어든다

그 은밀한 향기를 어찌 알았는지

멀리서 날아든 뻐꾸기

뻐꾹 뻐꾹 뻐뻐국 —

정신 차리라고

영혼 깊은 자리에

쉼 없이 수지침 울림을 놓는다

부활주일 아침에

비천한 내 영혼에

소망의 작은 날개를 달아 주소서

천 근의 몸

날개도 없이

하늘 허공을 가르리이다

아침 동검도 풍경

갯가

검은 고목 가지 사이로

하늘에서 내려온

침묵의 흰 강이 흐른다

시작도 끝도 없이

자욱이 서려 있는

거대한 생멸의 심장에 스며드는

연둣빛 환상의 아르페지오

어찌하여

흐름 위에서도

강은 머물기를 원하는가

아무도 돌아오지 않는

적막한 시간의 강가에

영원의 숨소리

겨울 갯벌

칼바람 속에 얼어붙은
바닷물은 소금보다 더 짠
신비롭고 숭고한 저
피안에 흩어진 눈물의 흔적

갈라터진 언 땅
잔설을 덮어쓰고
울고 있구나
아무도 몰래 울고 있구나
다 떠나가 버린
다 버리고 떠난 빈자리
아무것도 원하지 않기 위하여
이제 나는 네 눈빛을 살피지 않으마

아무것도 알지 않기 위하여
이제 나는 네 이름을 묻지 않으마

아무것도 소유하지 않기 위하여

이제 나는

아무 이유 없이

첫눈

네 눈의 눈물과

내 가슴의 눈물

다 마른 다음

그래도 남은 아득한 슬픔

하늘로 이어져

천 길 빙벽 무너지는 허공 속

향기로운 흰 꽃잎으로

날아들어

한 손으로 얼굴을 가리고

또 한 손으로 치부를 가려도

발가벗은 알몸의 아릿한 추억

오, 은혜로운 축복으로

천지에 쏟아져 얼어붙는

하느님의 뜨거운 눈물이여

하늘나라 두물머리

새벽 선잠 깨어 눈감으면
나를 부르는 어머니 목소리가
아득한 메아리로 물결 지어
나는 저녁놀
강이 되어 흐른다

어둑어둑 저물어 가는 강변에
살빛 고운 내 유년이
잃어버린 검정 고무신 한쪽을
찾아 아직도 온 모래밭을 헤매고 있다

인적이 끊긴 백사장에

아우성 같은 발자국이 어둠에 묻히고

안타까운 맨발로 걸어와

죽은 듯 살아온 막내아들 품에 안고

애야, 애미 속태우며 어디 갔다 이제 오니

괜찮다 괜찮다

어머니는 깊고 그윽한 저녁 강이 되고

나는 그 강 속에 흘러들어

하나의 강이 되어 흐른다

내 속에 흐르는 어머니의 강

어머니 속에 흐르는 나의 강

한순간도 멈춘 적 없는

하늘나라 두물머리 강변에

방금 태어난 초승달이 실눈 미소를 짓고 있다

풍금 소리

저녁나절 황혼이 깃들면
언덕 위 퇴락한 목조 성당은
낡은 풍금으로
은밀히 변신했다

눈부신 햇살은 눈먼 바람을 이끌고
몇 해 전 돌아가신 금순 아빠의
손때 묻은 건반 위에
흐느끼듯 바람의 오라토리오 서막을 연다

눈이 먼 바람 지날 때

손가락 하나

다리가 하나 없는 바람이 지날 때

두 번째 손가락

팔목이 떨어져 나간 바람이 지날 때

세 번째 손가락

입술이 떨어져 나간 바람이 지날 때

네 번째 손가락 떨어져 나가도

아버지와 어머니 딸과 아들 숨기며

바람의 벽 사이로 홍해를 지난다

물 없는 바다

끝없는 바람의 터널을 지난다

희미한 메아리를 남기는

멀리 우렛소리

번쩍, 마른벼락의 섬광이 빛나고

난데없는 폭풍 소나기 속

황토 마당에 떨어진 굵은 지렁이 한 마리가

몸부림친다

창백한 푸른 점* 위에서의 사랑

꽃 속에 잠든 바람을 아무도 본 사람이 없듯이
내 앞에 너도 몰래 핀 한 송이 꽃이었다

내 눈이 처음으로 열리던 날부터
닫히는 순간까지 기적 같은 생명의 들숨과 날숨에
까닭 없이 흔들리는 황홀함으로
나도 너처럼 빛과 향기로
네 곁에 몸을 여윈 한 송이 꽃이고자 꿈을 꾸지만
창백한 푸른 점 위에 까닭 없이 빛나는
야속한 명멸의 별빛

눈길 한번 주지 않던 너를 향한 그리움은
내 하늘이 되었다

---

* 칼 세이건의 『코스모스』에서 보이저 2호가 태양계 외곽인 해왕성 궤도 밖에서 찍어
  보낸 사진 속의 지구 모습을 가리켜 한 말.

세상의 모든 꽃이 하늘의 별이 되는 날
그 어느 무명 허공에 너와 나
작은 떠돌이별 되어 다시 만날 수 있을까

그때 우리, 손이 없어 서로 얼싸안지 못하면
너와 나, 무한 우주의 극변으로
산산이 부서져 또 다른 별 되어 떠돌자

행여 내, 너를 운 좋게 다시 만난다면
기린자리 너머 사랑의 초신성 아기별로 태어나
창백한 푸른 점, 그 아늑한 낯익음으로
빛보다 더 빠른 눈빛으로 영원히 소멸치 않는
하나의 별이 되자

굴렁쇠

꽃 속에 잠든 바람같이 볼 붉은 내 유년에
신은 굴렁쇠 하나를 만들어 주었다

바람을 가르며 영문도 모를 소망으로
나의 굴렁쇠는 넘어지고 넘어져도
다시 일깨워 일어서는 내 작은 심장에
맥박을 가르고 까닭 없이 나를 재촉하는
무심의 작고 둥근 불꽃이었다

둥근 지구를 지나 저 우주의 극변을 향해
바람을 가르고 굴러가는 원심력과 구심력 사이
일탈과 구속의 내 삶의 팽팽한 긴장의 원점에
왜 신은 아무도, 나조차도 모르게
작은 불씨 하나를 심어주셨는가

예측이 불허된 내 삶의 굴렁쇠에
꺼진 듯 다시 일어나는 저 숙명의 불꽃
단단히 걸린 걸림쇠 고리 안에 굴러가는
물방울 소리 같은 신의 숨소리에
영문도 모를 신탁을 듣는다

놓쳐버린 내 손에 든 유년의 내 굴렁쇠
피안의 언덕 아래
거대한 불꽃의 용암 속으로 굴러가고 있다

흔적도 없이 소멸한 내 육신의 흙먼지 속을 지나
무한 정적의 심연을 지나 거대한 불길 속으로
내 볼 붉던 굴렁쇠가 불꽃이 되어 굴러가고 있다

출발의 원점, 분출의 본향으로 환원되어
불붙은 내 굴렁쇠가 로고스의 푸른 불꽃
감춰진 신성의 어두움, 그 필연의 강
이름이 없는 초 존재적 무성의 강으로
생명의 노래가 되어 흘러들고 있다

그림자

찬란히 빛나던 계절에도
얼굴 드러낸 적 없던
벌거벗은 빛의 길고 긴
마지막 뒷모습은 슬프다

이 찰나 세상에서

만남과 헤어짐이 그렇듯이
너와 나의
그 은밀한 눈빛이 그러하듯
처연한 빛이 머물던 곳마다
빛은 그 고요와 밝음을
그윽한 어둠으로 드러내고 있었다

그 어디에도 숨을 수 없는 빛과
그 어디서도 지울 수 없는
슬픈 운명 같은
어둠의 무게와 향기를

빛이여
지나는 허공마다
세상의 모든 눈먼 그림자는
또 하나 허공으로
가장 낮은 자리
운명같이 너와 함께 누웠다

저 꽃잎 좀 봐요

죽음보다 더
처절했던 사랑,
사월 하늘
피 묻은 능골 아래
절통하듯 슬픈 울음 삼키고

흩날리는
저 꽃잎 좀 봐요

허공에만 날리는 게 아니에요
당신 가슴에도 내 가슴에도
저 잿빛 콘크리트 담장 속에서도

흩날리는
저 꽃잎 좀 봐요

꿈 같은 세상

그 생멸 찰나

행여나 잊을까?

무더기로 피었던 꽃들이

쏟아지듯 무너져 내리는 사월

피었다 지는

저 꽃잎 좀 봐요

은하의 새벽 하늘나라

말라리아로 죽은 시인 단테처럼
나도 객지의 여름밤이 두렵다
쏟아지는 빗살에도
젖지 않던 타관의 어둠처럼
나는 밤마다 수런수런 잎을 달고
키가 크는 한 그루 오동나무가 된다

젖은 가지마다
서늘한 어둠의 냄새가
깊은 강을 이루고
하늘의 별늘이 쏟아서 내리는
천사들의 빛나는 소나타의 강
'흑백이 따로 없는 빛의 나라'
베르길리우스의 손에 이끌리듯
생기지도 멸하지도 아니하는
은하의 하늘나라 저 깊은 어둠의
강물 속에서
한 소식을 듣는다

"어둠이 따로 있지 아니하고
빛이 없는 곳이 어둠이었고
가뭄이 따로 있는 것이 아니라
비가 오지 않으니 가뭄이었듯이
미움이 따로 있는 것이 아니라
사랑이 없는 곳에 미움이 생겨났고
악이 따로 있는 것이 아니라
선이 없는 곳에 악이 창궐했었다"

한 몸이 하나의 숨을 쉬듯
오, 빛과 사랑과 선이 하나인
은하의 새벽 하늘나라
저 깊고 깊은 어둠의 강에 문빗장이 열린다

양심

사람의 마음 안에는
두 개의 방이 있다

사방이 유리 거울로 된
요지경 같은 욕심의 방과
그 방 벽 거울 속에 비치는
또 하나 투명 거울 방이다

그 방 속에는 어느 때부턴가
얼굴 없는 목소리 하나가 살고 있다

말 안 해도 다 알고 눈 감아도 훤히 보는
빛보다 빠르고 생각보다 날랜,
신의 경지에 이르렀거나
신의 모습을 닮은 그는
그야말로 불편하기 짝이 없지만
눈 감으면 그는 눈뜨고
외면하면 외면할수록
버리면 버릴수록
앞에 서 소리치는
가책과 수치심의 은밀한 밀정의 고발자

저 망각의 피안 끝까지 따라오는
지독한 '하늘의 사냥개'를 닮은
신의 눈빛

이 세상에서 그 누구도

침범해 본 적이 없는

그 어느 인간도 아직도 단 한 번도

허물어 보지 못한

난공불락의 신의 성채

이성과 감성의 가혹한 자유의 파수꾼으로

진리의 무서운 최후 증인이요

정의의 법정에 가장 무서운 기소자다

수평선

하늘, 바다가 만나는 곳
그 어디에서나
허공에 선 하나가 생기듯
세상 모든 만남에도
아득한 선 하나가 생긴다

지워지지 않은 선을
애써 지우려 하지도 말고
넘지 못할 선을
애써 넘으려 하지 마라

하늘 같은 사랑이 변하고
바다 같은 삶이 출렁이지만
그 바다 그 하늘
그윽한 눈으로 바라보며
눈에 보일 때나
눈에 보이지 않을 때나
두 눈 감을 때까지
언제나 반듯한 선 하나

시간 너머 영원
공간 너머 무한의 경계가
허물어질 때까지
초대받은 당신 가슴에
아득한 설렘으로
마음에 새겨 두자

시월 동검도 갯가에서

이제 더 이상
아가들이 태어나지 않는 바닷가
갯벌 이랑에 만조의 밀물이 들고 있다

먼, 먼 눈빛으로만 말하던
눈먼 어미의 가슴에 밀려오는
아가의 은밀한 숨소리

빛마저 눈감은 신성의 어둠을 지나
감춰진 신비의 정적 너머
세상에서 가장 부드러운 빛이 어둠에 닿는 소리
세상에서 가장 고요한 어둠이 빛에 잠드는 소리
소리 저 너머
아득히 비껴가는 메아리는 모두가
무간 허공 절벽에 모여
떠도는 별이 되는가

불러도 불러도 희미한 빛으로만
흔들리던 한 생애의 그리움도

그 현기증으로 키가 크던
허기진 번뇌의 불길도

세상의 거친 숨소리 다 모여 삭아 든
내 가슴 황혼의 숨소리
마른 갯벌
버려진 낡은 목선 곁 핏빛 황혼에
부서진 닻에 밀물이 목으로 자오르고 있다

봄

햇살 눈부신 토담 위에
유난히 등이 고운 산 새 한 마리
부리를 문지르고 있다

간지럼 탄 들녘
아지랑이 속에
속절없이 꽃이 핀다
흔들린다

낙원의 흔적

들꽃이 바람에 흔들릴 때
낙원의 흔적을 본다

아무 이유 없이
저렇게 바람과 꽃이

주체할 수 없는 기쁨으로
서로 부둥켜안고
그리워할 수 있을까

잃어버린 낙원의 그림자로
세상을 피로 물들였던 오월은
찬란도 하구나

목마른 강

강은 흐른다
당당하고 초연하게
한순간 머뭇거림도 없이
온전히 자기를 놓아 두고
죽은 듯이 강은 흐른다

실오라기 하나 걸치지 않은
텅 빈 허공을 닮아
벌거벗은 알몸,
하늘로 열어 놓고
무위의 시간에 스며들어
적멸의 바다로 강은 흐른다

강은 바다로만

흐르는 것이 아니라

무너지고 허물어지고,

흩어지고 스러지는

살아 있는 모든 것과

죽어 있는 모든 생멸의 숨결에

은밀히 숨어 흐른다

멈출 수 없는 시간 너머

끊을 수 없는 슬픈 번뇌의

목마른 사람 사람

눈먼 불면의 가슴 기슭에도

강은 흐른다

칼이 칼을 못 베고

눈이 눈을 보지 못하듯

강은 강을 적시지 못하여

한 세상 흐름 위에 보금자리 친

사람 사람 안에

눈부신 어둠으로 뒤척이며

영원히 잠들지 못하는

목마른 강이 흐르고 있다

내가 쓴 물

임종 때
사람은 누구나
마지막으로
15g의 눈물을 흘린다는데

내 일생
내가 쓴 물을
모두 모아 놓으면
내가 빠져 죽고도 남겠지

집 한 채
떠내려가고도 남겠지

지구와 달

무한 허공에 떠도는
두 개의 푸른 점

세상의 꽃들은
저마다 홀로 피고
홀로 진다

천륜의 끌림으로
마주 보면서도
영원히 다가갈 수 없는
지구와 달 같은
천형 같은 사랑도
모두 꽃이 되어
세상 어디서나
아무도 몰래
꽃은 숨어서 홀로 핀다

차마고도

우습게 생각하고 따라나선 차마고도
비탈길 오를 자신 없는 사람은
나귀를 타라고 했다

부끄럽지만 나이 생각해 나귀를 탔다
천 길 낭떠러지 외길을
작은 나귀가 나를 싣고
가파른 고개를 오른다

갈퀴가 땀으로 흠뻑 젖어
숨을 몰아쉬는 나귀
잘 못 내리다가는
절벽 아래로 떨어질 것만 같다
내릴 수도 탈 수도 없는 난처함
가파른 천 길 낭떠러지 비탈길에서
뻘뻘 땀을 흘리며 숨을 몰아쉬던 나귀가
원망스러운 눈빛으로
힐끗 뒤로 나를 쳐다본다

차마 말로는 다 할 수 없는

차마고도

인간으로의 죄송함과 수치심으로

나귀 위에서

목숨을 부지하는 것보다 더

수치스러운 게 없음을 깨닫는다

나무에게

작은 소나무 한그루를 사러 묘목장에 갔다.
품위와 격조는 고사하고 궁티가 역력하고
뭔가 시원찮아 보이는 나무 앞을 지나면서
별 뜻 없이 이 나무는 못생겨서 안 되겠다고
혼잣말로 중얼거리자, 주인 영감이 말했다.
어쩌다 보니 그 나무는 네 번이나 옮겨 심었네요.
그 자리에 창고를 지어야 하니 또 옮겨야 해요.
나무에게 무심코 내뱉은 말이 몹시 부끄러워
너는 나보다 더 하구나. 미안하다. 미안하다.
옹이 등걸에 손을 얹고 돌아보니 나무도 나를 본다.
칠십 년 동안 분별로 숙달된 속인 하나를
나무는 눈빛 하나 까딱치 않고 지엄한 눈빛으로
괜찮다. 괜찮다. 너는 너대로 생겨나
머무는 자리마다 주인으로 서 있으니 너는 괜찮다.

재수 좋으면 너 죽고 난 다음에도

수백 년 더 오래오래 살 테니 너는 괜찮다.

모고해* 하고 고백소를 나오는 홀랑 벗은 바람처럼

나는 오늘 뒤꼭지가 몹시 당긴다.

---

*   고백성사를 보면서 죄의 일부를 의식적으로 숨기는 행위.

밤의 강

소리 없이 뒤척이며
적멸의 어느 끝으로
숨어 흐르다
어둠 속에 울고 있다

시간 저 너머
은하에 닿아
흐름 속에 영원을
명멸하는 별빛인 듯
훤히 감추고
빛보다 더 밝은
어둠이 되어 흐른다

깊은 강바닥 숨은 상처
부드럽게 감싸 안아
위안과 평온으로 멈춘
고요

뿌리의 기억 —동검도 비가悲歌 · 1

차마 가라앉지 못한 그리움으로
물속에 홀로 있는 섬은
물에 잠겨 있는 것이 아니라
물 위에 떠 있는 것이다

언젠가 돌아갈 회귀의 염원으로
사위의 경계로 눈뜨고 있는 그리움은
모두 불면의 섬이 된다

유영하는 거북을 닮은 작은 섬 동검도
저녁마다 하늘의 천사들은
또 다른 하루를 마련하기 위해
자줏빛 비단을 하늘길에 펼쳐 든다

저녁 해는 물 위에 무릎을 꿇고
빛의 손끝이 바다의 살결에 닿아
황금빛 물보라 자욱한 갯벌은
밀려오는 어둠을 들이마시고
이른 저녁은 오히려 한낮보다 더 밝다

황홀한 갯내 선홍빛 향기로
환히 밝아오는 저녁 어둠 속에
세상은 잠시 숨을 멈춘다

어둠이 빛보다 밝은 것은
어둠 속에 숨은 빛의 향기 때문이다
밀향같이 켜켜이 쌓인 물안개 숨결 아래
비로소 지층의 기억이 깨어난다

그 순간마다 하얀 바람이 소리 없이 새로 태어난다
사람의 발소리도, 짐승의 울음도 아닌
태초의 시간에서 미리 준비된 하나의 기척
그 바람은 나무 곁을 스치고
잎 하나 떨릴 때마다
뿌리 아래 망각의 심연을 흔들어 깨운다

노래는 잊혀도 생명의 깊은 울림은 남는다
그 울림을 간직한 가슴
침묵의 땅 위에 비로소 나무들은 태어난다

동검도 채플 곁

형제처럼 닮은 상수리와 아까시나무

어느 날 엇갈린 바람에 실려

동검도 갯가에 여리고 여린 생명으로 떨어졌다

본디 있어야 할 자리가 아니라

소금과 갯벌의 저지대에

운명처럼 떨어진 씨앗이 말없이 뿌리를 내렸다

그들은 억 만년 산이 지켜 온

침묵의 자식들 가운데 하나

상수리는 삼성의 숨결을 미금이

시간의 그늘을 따뜻하게 품고

아까시나무는 곧고 투명한 결을 지닌 채

흔들림 없는 눈으로 세상을 바라보며

낯선 땅, 낮은 곳

짜고 쓴 소금밭에서 견딘 세월이

하늘만큼 자랐다

썩지도 상하지도 않은 참혹한 생명의 땅

갯벌은 무거운 진실의 땅이다

썩어 한 톨 어린 생명을 틔워 내는 소금밭 갯벌은

높이를 내려놓은 자의 발끝에서

소금의 심장을 향해 바다의 어둠 속으로

조용히 스며드는 자에게만

길을 열어주는 참혹한 진실의 땅이다

불가능해 보이는 낯선 이방의 땅에서 생명을 잇는 나무는

그 뿌리의 가장 깊은 곳에 별 하나를 품고 산다

그 별빛은 하늘에서 내려오는 것이 아니라

갯벌의 어둠을 밀고 올라오는 작은 떨림처럼

뿌리 속에서 천천히 태동한 빛이다

그 빛은 이름도 없고, 설명도 없이

그저 잊히지 않은 생명의 기척으로만 존재한다

사계의 서사 　　　　　　—동검도 비가悲歌 · 2

봄은 소리 없이 찾아와 또 소리 없이 지나갔다
갯벌 아래 묻혀 있던 시간이 천천히 결을 바꾸며
이름 없는 야생의 꽃으로 피어난다
청하지도 않은 내 생의 시작처럼,
꽃은 누구에게도 들키지 않은 채
조용한 결심으로 나무의 안쪽에서 피어난다

세상의 환호 없이도 아름다움은 거기 그대로 있다
말하지 않아도 살아 있고, 드러내지 않아도 충만하다

뜬금없이 쏟아지는 폭우 속,
천둥번개의 섬광처럼 놀라운 계절의 변절
그래도 여름은 지나치게 밝은데
녹음의 빛은 넘치고 넘쳐 여름보다 더 밝다
그 어둑한 밝음으로 마음을 품어 기쁨을 낳고,
그 기쁨 한가운데선 또 잡초처럼 슬픔이 자란다

상수리는 그리움의 깊이만큼 조용히 가지를 늘려가고
아까시나무는 더욱 단단해진다
고독의 무게를 안으로 안으며 바람과 햇살을 건넌다

가을은 햇살을 데우며 오래된 그리움을 비춘다
나무 속살에 스며든 이별들이 아름다운 색으로 물들어간다
바람이 살결을 훑고, 잎사귀는 서서히 잊는 법을 배운다

겨울은 진실이다
가장 솔직한 계절, 말이 멈추고, 몸이 멈추는 시간.
가지 끝이 부러질 때 삶은 조용히 새 문장을 열어젖힌다

골골이 팬 갯골은 사람의 마음을 닮았다
하얗게 얼어붙은 갯골 사이로 얼음장이 바다로 실려간다
까닭 모를 상처는 언제나 새로운 이야기를 데리고 온다
나무는 계절을 기억하지 않는다
오히려 계절이 나무의 몸을 조용히 기억하고 지나간다
시간은 우리를 관통하지 않는다
다만 살갗 위에 흔적을 남긴다

그 흔적 속에서 상수리는 염분을 견디며 피막을 키워내고,
아까시는 고통의 금을 따라 더 깊고 투명한 결을 이룬다

눈을 감고 더듬는 사계의 상념이
내 영혼에 스며드는 꿀잠처럼 나를 삼켜버릴 때,
별빛 아래 하늘에서 내려온 듯한 한 아이가
물 빠진 갯벌 위에 작은 별 하나를 몰래 심는다
그 작고 순한 손길이 세상에 희망을 심는다
그 별은 계절의 흐름 속에서 하나의 노래로 자란다
때로는 물에 잠기고, 때로는 빛을 발하며,
이름 없이, 그러나 반드시 살아 있는 것처럼

만조의 시

보름달이 지금 하늘을 밀어 올린다
그 밝음이 바다를 들어 올리고, 갯벌은 조용히 숨을 멈춘다

바닷물이 말없이 솟아오른다
바닷물이 차오를 때 물은 소금기를 잠시 덜어낸다
더 순하게, 더 부드럽게
바다는 고요 너머 괴괴하고 적막하여
꽃 속에 든 바람처럼 숨을 죽인다

물이 달의 부름에 응답할 때, 물은 밀려드는 것이 아니다
세상의 모든 아름다움은 적막 속에 드러나는 진리다
진리는 한 송이 꽃이 피어나듯 고요히 드러나는 아름다움이다
관계와 경계를 넘어, 그 어떤 까닭도 묻지 않고 피는 꽃이다
폭풍도, 파도도 아닌 올라오는 물이다
침묵의 상승, 필연의 귀환이다

상수리는 감성의 무게를 머금고 조용히 몸을 휘며 떤다

아까시나무는 이성의 결속으로 미세하게 떨리는 눈을 감는다

흔들림 속에서도 그들은 뿌리를 놓지 않으려 한다

바람이 가지를 어루만진다

그 순간 뿌리들은 조용히 바다에 잠긴다

물과 나무, 그 경계가 사라지는 순간이다

생명의 본질은 사랑, 그 사랑은 끌림이다

이끌림, 사랑으로 태어난 만물의 끌어당김

지금, 중력이 아래에서 끌어당기고 달은 위에서 부른다

그 사이에서 사랑으로 태어난 모든 생명이 영원으로 확장된다

그 확장은 시간과 공간 속에서는

언제나 조용히 갈라짐으로 나타난다

그래서 생명은 두 힘 사이에서 찢겨나가는 고통이 따른다

이 생명의 고통, 이 출산의 고통

분만의 순간은 이성과 감성 모두가 무력해지는 밤이다

모든 것이 흠뻑 젖어 있다

고통도, 기억도, 말로 남기지 못한 오래된 질문들조차,

삶의 모든 조각이 물에 젖어 무거워진다

그러나 그 물의 부름은

마치 꽃처럼 조용히 열리며, 심장 한가운데로 스며든다

거부할 수 없는 운명의 손길처럼

바닷바람이 잦아드는 저녁 갯벌 가장자리에 한 여인이 서 있다
백 년의 그리움을 고요히 품고
그녀는 죽은 자들의 이름을 가슴에 묻는다
작은 촛불 하나, 어둠을 밀어내는 가장 작은 저항,
바람에도 꺼지지 않는 불빛. 그 위로 별 하나 내려와 앉는다

그 순간, 영원과 순간이 숨을 맞댄다

별 아래에서 　　　　　　　—동검도 비가悲歌 · 4

별은 낮은 자리를 택한다
하늘 위가 아니라, 물 아래에서 빛난다
달빛조차 닿지 않는 갯벌의 웅덩이 속
거기에서 별은 뿌리와 등을 맞댄다
빛은 어둠이 가장 깊은 곳을 선택한다

우리는 늘 위를 향하지만, 진실은 아래에 존재한다
발밑의 흙을 보지 못하는 자에게 하늘은 허상일 뿐

자신의 심연을 들여다볼 용기를 가진 이만이
내면에 숨은 별 하나를 본다
내면의 어둠과 마주한 자만이 빛을 품는다

상실은 끝이 아니라 귀환이다
잃어버린 것들은 다른 형태로 돌아온다

어느 하늘 극변에서　　　　　　—동검도 비가悲歌 · 5

인간은 언젠가 자신이 말한 모든 언어를 내려놓고
고요 속에 입을 담근다

말이 다하는 자리에서 침묵이 시작된다
그 마지막 침묵 속에서 생명과 사랑은 노래가 된다

언어로는 닿지 않는 심연의 울림, 그 노래는 슬프지 않다
비통 속에서 익어가는 자비, 견딤의 시간이 만들어낸 깊이,
추락 속에서 건져 올린 한 줌의 소망

바닥에서 비로소 발견되는 동검도 하늘 한 조각
일곱 평의 푸른 하늘 조각

감았던 눈을 뜨니 온 세상이 존재하듯
그 하늘은, 그 마음은 단순한 공간이 아니라
우리가 견디는 시간의 다른 이름이다

상실과 회복이 나란히 놓여 있는 마음의 성城

언제나 누구에게나 열려 있는 사랑과 소망의 작은 성이다

어둠 속을 떠도는 한 점의 빛,

누군가의 기억이 되어 살아가는 생의 흔적,

잃는다는 것과 잊어버린다는 상실과 망각은

끝에서 우연히 만난 환상의 작은 혹성이다

그 별은 결코 우리 곁을 떠나지 않는다

그 별은 우리의 뿌리 속에 조용히 잠들어 있다

오라, 오라

아무도 부르지 않아도, 아무런 초대가 없어노

가장 어두운 심연에서 가장 밝은 빛이 피어나듯

염원으로 피운 꽃 속으로

잠든 바람처럼 오라

짙은 해무 속으로 한 자락 빛이 스며들자
검은 갯벌이 숨쉬기 시작한다
추락한 천사처럼 불구의 몸뚱이를 뒤틀며
번들거리는 배를 드러낸 채
거대한 공룡이 신음하며 새벽을 바라본다

여명의 하늘은
백치의 희멀건 눈동자같이 적막하고
천지를 덮은 고요는
이 세상에서 가장 무겁고 가장 가벼운
천상의 오색 안개비를 한없이 내린다

영롱한 물빛에 젖은 환호성
물에 젖은 빛은 슬픔도 기쁨도 아닌
애끓는 그리움의 소리 없는 절규로
자신의 몸을 말린다

난데없이 텅 빈 기억의 문 곁에
낯선 사내가 서 있다
어디선가 본 듯한 그의 옆모습
그렇구나
내 안에 숨어 살다 가끔 얼굴을 드러내는
외로운 사내

그는 한때 자기 자신을 찾기 위해
스스로 쓸모없는 존재가 되기로 작정하고
세상에서 잊히고 사라지기 위해 길을 떠나
은둔자가 되어 자신을 이 세상에 유배시켰나
바람조차 말을 걸지 않는 고요 속에서
그는 자신 안에 울리는
또 다른 목소리를 듣고 있었다

아무도 없는 갯벌

그는 물 빠진 진흙 위에 오랜 시간 홀로

말없이 서 있었다

바람도 멈추고 갈매기도 날지 않는 침묵 속에서

마침내 자신이라는 가장 낯선 존재와 마주해 있었고

여느 날처럼,

그날 아침도 어쩔 수 없이 밝아왔다

신의 숨결　　　　　　　　—동검도 비가悲歌 · 7

캄캄한 그믐밤
희디흰 밀물이 어둠의 빗장을 조용히 열고
은밀히 갯벌로 밀려든다

암흑 물질의 깊은 숨결 속
극초음속으로 팽창하는
우주의 숨 가쁜 질주 한복판에서

이 적막한 고요
텅 빈 신의 가슴에 젖어드는
놀라운 충만의 지성
무시무종無始無終의 깊고 질긴
무한의 숨소리가 안으로, 더 안으로
신비로 나를 당겨 고요히 삼켜 낸다

젖어드는 광막한 적막
허공에 배인 어둠은
선연한 별빛을 감싸 안으며
더욱 짙고, 더욱 단단해진다

들창 가에 홀로 서서 눈을 감으니
광활한 어둠 속에서
신의 신음 소리가 들려온다

숨 가쁜 밀물이
내 목줄기까지 차오르고
들숨과 날숨
그 어디에도 속하지 않는 경계

존재하면서도 존재하지 않는
묘유妙有의 선잠 속으로
나는 가만히 스며든다

어린 시절, 눈을 감기만 하면
두 팔 벌리고 두 다리를 띄운 채
창공 어디든 자유롭게
날아올 수 있었던 그때처럼
나는 다시 광활한 우주의 극변 속으로
비상하기 시작한다

하늘의 경계를 넘고
깊은 잠의 수렁을 건너
무중력의 심연, 우주의 심장 한복판
영원한 신성에 감춰진 어둠 속을
겁 없이 가로지른다

끝없이, 조용히
낯선 우주의 극변을 가르며
비상하는 나의 존재를 바라보는 순간 문득
예민한 '간섭'의 추락이 시작된다

그로부터 나와 그에게로 되돌아가는
출원과 환원이 하나 되는 찰나
나는 선도, 진리도,
모든 개념의 언어를 하나씩 벗어 던진다

하느님 너머의 하느님,
모든 인격성을 벗어버린
벌거벗은 신의 가슴 그 안으로
나는 마침내 꽃 속의 바람처럼 안긴다

서편 하늘의 별들이 하나둘
빛을 잃고 사라진다

시간과 공간이 끊긴 천국의 새벽,
그 신비로운 어둠은
이 세상 모든 빛의 원형질이었다

해무   ─동검도 비가悲歌 · 8

"어둠은 빛의 어머니이며 침묵은 하느님의 첫 언어다."
　　─마이스터 에크하르트

유월 초저녁
어둠에 젖은 물안개가 온 천지를 덮는다

쏟아 내리는 저 물보라는 이미 물안개가 아니다
신의 고요가 바깥으로 흘러나온 신의 숨결

숨 가삐 내리는 물보라에 숨을 곳 하나 없이
만상은 젖은 어둠의 내밀한 궁진이 된다

무너진 허공은 아득한 물방울이 되고
무너진 어둠은 사람 사람들 저민 가슴마다
맑고 투명한 눈물로 맺혀
영혼의 뼛속 저리는 뜨거운 통한으로
희디흰 물보라 침묵의 무덤이 된다

그래서 고통은 언제나 침묵의 언어로 말해진다
말을 잃은 기억은 오히려 더 선명하고
설명할 수 없는 신비는
젖은 어둠처럼 더 깊고 그윽하다

깊고 깊은 태초의 혼돈
그 흔들림 위에 시간과 빛보다 먼저 태어난
말씀이 어둠에 닿자 우주의 고요는 깨어나
심장을 얻어 뛰기 시작한다

태초의 물안개 　　　—동검도 비가悲歌 · 9

태초의 고요 속에서
말보다 깊고 빛보다 빠른
하느님의 그 첫 숨결처럼 숭고한
물안개가 흐른다
아무도 알아들을 수 없는
황홀한 침묵의 천상 오케스트라

장대한 흐름 곁에 가련한 탄식 하나가
슬픈 말씀으로 태어나고 있다

세상 그 어니에신가 누고기기,
무슨 까닭으로 오늘 이 밤에도
소리 없이 남몰래 울고 있는가

밤이 깊어갈수록

그 신음은 더욱 애절해지지만,

아무도 그 울음을 듣지 못하는

침묵 속에 흐르는 사랑의 찬가

어둠 속에서 숨 쉬는 생명의 찬가

시간 너머 영원으로

공간 너머 무한으로

빛 너머 눈부신 어둠의 끝없이 텅 빈

무시무종 광막한 고요 너머의

적막강산으로

'있음'과 '없음'이 함께 존재하는

신의 가슴에 울려 퍼지는

순수의 무한 변주곡

우주의 모든 소리가

작고 작은 애원의 물방울로 맺혀

차마 부르지 못한 슬픈 사랑의 애원으로

물안개가 온 세상을 뒤덮고 있다

바람 속의 장미 —동검도 비가悲歌 · 10

장미꽃이 피었네

아무도 몰래 꽃 피듯
갯가에 물 들어오더니

오늘 아침
마른 갯벌 물 들어온 듯
채플 뜰에 장미가 피었네

말없이 핀 꽃
바람 불어 흔들리는 줄 알았는데
꽃이 흔들리니 바람이 일고 있네

저 바람 속
그 어떤 부드러운 숨결 숨어 있어
감미로운 향기로 꽃은 피는가

보이지 않는 기억

그 누군가의 오래된 가슴 적시며

영원히 돌아오지 않을 기억의 가장자리

아픈 인연의 상흔 위에 스쳐 간 바람

어찌하여 지상에서 아름다움은

언제나 그윽한 슬픔이 배어 있는가

저 붉고 깊은 향기 보다

더 슬픈 향기를 지닌

못다 한 진실의 아름다움은

언제나 은밀한 가시로 돋아

예비한 상처가 되어 숨어 있는가

아름다움에 대한

이승에서의 내 기억의 상흔

붉은 장미가 피었네

길 　　　　　　　　　　—동검도 비가悲歌 · 11

태초에 길이 있었다
빛보다 먼저, 말씀보다 앞서
우주의 심연 고요한 혼돈 속에
지음 받지 아니한
한 줄기 부드러운 숨결이었다
이름도 없던 시간의 품속에
고요한 숨빛의 눈부신 바람이었다

시작도 끝도 없이 부드럽게 이어지며
세상을 감싸는 사랑의 숨결로
땅 위에 흐르는 강이 되고
물 위의 흐르는 바람이 되어

하늘로 이어진 사랑과 지혜의 여정에

사람이 참 자기를 만나기 위해

좌절하고 추락하던

아득한 지평 너머의 낯선 하늘

무한한 사랑으로 언제나 누구에게나 열린

생명의 핏줄

갈기갈기 점철된

수치의 얼룩진 역사가 새겨진

하늘의 비망록 서로를 비추며

사람들 아픈 가슴마다

별빛 같은 깨달음과

슬픈 아름다움의 눈물겨운 확신으로

차마 옮길 수 없는

끝없는 발걸음의 슬픈 흔적

사람들 가슴마다

태초에 길이 있었다

세 가지 환시와 하나의 환청　　—동검도 비가悲歌 · 12

1.

잿빛 하늘 틈새로 후드득후드득

눈물 같은 빗방울

검은 개펄 위 낯선 백로 한 마리

비를 맞고 홀로 서성인다

먹이도 길도 찾지 않고 무엇을 기다리는가

2.

때때로 사람들도 저 외로운 새처럼 홀로 서성인다

자나 깨나 일등을 향해

채찍 맞으며 트랙을 돌다 지친

경주마 같은 사람의 영혼

저 개펄 위에서 영문도 모른 채 서성이는

대책 없는 짐승과 같이 되는 것은 아닐까

3.

홀로 와 더불어 살다

홀연히 떠나는 세상

무슨 대학, 무슨 직업

제 몸이 흰지 검은지도 모르고

숨은 눈으로 내려보고 뜬눈으로 깔보며

평생 어리석은 회한의 곁눈질로

제 잘난 교만 중독에 물들어 남몰래 신음하며

재물 모으고 제 몸뚱이 돌보다 지쳐 숨을 거두는

만물의 영장을 두고두고 사람들이 부러워만 하니

요즘은 개펄 새들도 정신줄 놓고 서성이는가

4.
결코 일등을 탐하지 말고 칭찬에 속지 말라
어리석음의 극치는 천치를 닮아
둥근 지구 돌아가면
꼴찌 뒤에 꼴찌가 되나니

행여 어리석은 교만의 싹이 마음속에 자라나
그 독초가 하늘을 찌르면 하늘의 피가 흘러내려
네 가슴에 불치의 피 웅덩이를 만들 것이다

한 번 만들어진 마음의 웅덩이
영원히 응고되어 남을 것이고
악마의 웅덩이는 지옥의 출입구가 될 터이니
하느님도 속수무책

차라리 오늘은 저 외로운 백로처럼

갯벌에서 지치도록 비를 맞고 헤매며

하늘을 쳐다보라

꽃이 피고 있네
너와 내가 살고 있는 이 작은 지구 위에는
아직도 꽃이 피고 있네

말로 다 못한 말과
생각으로 다 못한 그리움은
죽음보다 더 깊은 침묵으로
죽음보다 더 적막한 눈빛으로
눈물겨운 사랑은 모두 꽃이 되어
적막한 영원의 끝을 훤히 밝히고 있네

2. 명상 시편

고요한 물, 타오르는 불

동서의 옛 선현들은 물을 바라보며 수행을 했습니다.
물을 바라보는 것은 나를 바라보는 일입니다.

그 흐름 앞에 머물수록 물은 자연이 아니라
내 안의 내면을 비추는 거울이 됩니다.
거기엔 두려움도 흔들림도 말없이 응시하는
진실이 있기 때문입니다.

이처럼 동서양에서는 관수觀水를 통해 무심함을 배우고,
무상을 체득하며 자연과 하나 되는 삶을 지향해 왔습니다.

그러나 물은 그저 고요하기만 한 존재가 아닙니다.
그 속에는 생명을 길러내는 숨은 불꽃이 있습니다.
불처럼 타오르지는 않지만, 조용한 힘으로
세상을 적시고, 움직이고, 변화시킵니다.

마이스터 에크하르트는 말했습니다.
"우리의 영혼은 하느님께서 놓으신 불꽃에서 왔고,
그 불꽃으로 다시 돌아가야 한다"

그가 말한 불은
존재의 중심에서 타오르는 사랑의 불,
하느님의 숨결과 맞닿아 있는 불입니다.

물가에 앉아 흐름을 바라볼 때, 그 고요함 속에서
자신의 내면에 존재하는 불을 눈여겨본 것입니다.
그 불은 눈에 띄지 않지만,
기도처럼 타오르고 겸허하게 흐르며 살아가라는
강력한 사랑의 이끄심이었습니다.

물은 나를 씻고, 불은 나를 일으킵니다.
하나는 상처를 적시고, 다른 하나는 무기력을 태웁니다.
물과 불은 서로 정말로 다르지만
수행자의 내면에서는 늘 함께 존재하였습니다.

고요함 속에 타오르는 불, 타오름 속에 지켜지는 침묵
이 조화야말로 에크하르트가 말한 신성과 하나 되는 길,
동양의 선사가 말한 무심의 경지입니다.

그렇습니다.

불을 바라본다는 것은 결국 내 안에 불을 바라보는 일입니다.
그 불은 하느님께서 심어주신 사랑의 불,
세상을 밝히는 불이며 나를 변화시키는 불입니다.

내 영혼에 흐르는 강불
그 흐름 속에 타오르는 불꽃
눈부신 신의 눈빛

그날 밤의 동행

그날 밤 유다는 조용히 일어나 방을 나섰습니다.
그리고 나도 그를 따라 길을 나섰습니다.
그가 빵 한 조각을 받고 나가자 밤이 되었습니다.
뒤를 돌아보니 문이 닫히는 소리가 났습니다.
사랑의 시험이 시작되는 신호였습니다.
그리고 나는 일생 동안
문 닫히는 소리를 듣고 살았습니다.

우리는 압니다. 사랑이 얼마나 어려운 일인지.
오늘 우리는 기술적으로는 더 연결되어 있지만,
정서적으로는 더 메마르고 고립되어 있습니다.
인간은 타인의 고통보다 내 불안을 먼저 느끼고,
타인의 눈물보다 내 억울함에 더 빨리 반응합니다.
그래서 이 말씀, "서로 사랑하여라"는
인간에게 주어진 가장 높은 과제일지도 모릅니다.

세상은 오래도록 '이에는 이, 눈에는 눈'이라는
복수의 법칙에 익숙해져 있었기 때문입니다.
정의를 지킨다는 이름으로 상처 위에 또 다른 상처를 더하며,
그 누구도 온전할 수 없는 길을 걸어왔습니다.

마하트마 간디는 말했습니다.
"눈에는 눈으로 대응하면, 온 세상이 눈멀게 될 것이다."
어둠은 어둠을 몰아낼 수 없고 오직 빛만이 물리칠 수 있듯이
증오는 증오로 결코 멈추지 않습니다.
오직 사랑만이 증오를 멈출 수 있습니다.

예수께서는 말씀하셨습니다.
"내가 너희를 사랑한 것처럼, 너희도 서로 사랑하여라."
그리고 다시 말씀하셨습니다.
"너희의 원수마저 사랑하여라."

예수님은 "할 수 있는 만큼만 사랑하라"고
말씀하지 않으셨습니다.
배반할 것을 아시면서도 유다의 발을 씻어 주셨고,
부인할 것을 아시면서도 베드로를 품으셨습니다.

그 사랑은, 조건이 없었습니다.
계산하지 않았고, 무너지지 않았으며
끝내 십자가에 이르기까지 꺼지지 않았습니다.
그 사랑은 이렇게 말합니다.

"나는 너를 안다. 그럼에도 불구하고, 나는 너를 사랑한다."

"그럼에도 불구하고 서로 사랑하여라."
이 말씀이 오늘 우리 앞에 다시 서 있습니다.
기술은 진보했으나 마음은 더 멀어졌고,
속도는 빨라졌으나 관계는 얇아졌습니다.
타인의 존재는 '좋아요' 한 줄로 소비되고,
마음은 스크린 속에서 가뭇없이 흩어집니다.
그럼에도 불구하고 이 계명은 우리를 부릅니다.
"서로 사랑하여라."

착하게 살아라, 좋은 사람처럼 보이라는 말이 아닙니다.
이 말은 인간이 인산납게 살아가기 위해 반드시 들어야 할
생명의 말씀입니다.

우리는 사랑할 때에만 진짜 사람이 됩니다.
사랑하지 않으면, 우리는 아무것도 아닙니다.
사랑하지 않으면, 인간은 괴물이 될 수 있고,
늑대가 되어 서로를 찢을 수도 있습니다.

사랑은 감정이 아닙니다. 사랑은 용기입니다.
사랑은 타인의 고통에 응답하려는 결단입니다.
그것은 내 중심에서, 이웃과 하느님 중심으로
축을 옮기는 내면의 회심입니다.
누군가의 상처에 귀 기울이고
말 없는 눈빛 속에 머무는 묵묵한 행위입니다.

사랑은 이웃의 고통과 슬픔이 내 핏속에 들어와
내 심장을 뛰게 하고 내 몸과 마음을,
내 삶을 움직이게 하는 행위이며 실천입니다.
거창한 일이 아닙니다.
작은 일을 큰마음으로 감당하는 삶입니다.

마더 테레사는 말했습니다.
"우리는 위대한 일을 할 수 없습니다.
오직 작은 일을 큰 사랑으로 할 뿐입니다."

너희가 신을 알았을 때

"너희가 신을 알았을 때 신은 너희를 가만두지 않을 것이다.
오히려 깊은 동요 속에 몰아넣을 것이다."
— 폴 클로델

오십 년 전 신학생 때의 낡은 메모 한 장을
책갈피에서 우연히 찾았다.

한 생애를 지나고 보니 그의 말이 옳았다.

나사렛 예수를 추종한다는 것은 어쩌면
저 십자가에 매달린 그분의 사지가 찢어지는 아픔을
참고 견디는 것에 동참하는 것이기 때문일 것이다.

수행자

한 번도 열린 적이 없는
빈집의 닫힌 문밖에서
흰 머리카락 날리며
늙어버린 바람이 목놓아 운다

오직 안에서만 열 수 있는 문

그 문밖에서
그의 일생은
절망도 희망처럼
언제나 눈부셨다

빛으로 지어진 사람

당신은 세상에서 가장 아름다운 사람이 되어야 합니다.
창조의 신비는 지금도 당신 안에서 살아 숨 쉽니다.
하느님의 손길은 오늘도 당신을 빚고 있습니다.
거울 속 당신은 한낱 그림자일 뿐,
완성되어가는 진정한 당신은 더 깊은 곳에 있습니다.

내면의 바다, 타인의 눈동자,
그리고 역사의 물결 속에 새겨지는 흔적들….
바로 그 가운데에서 당신의 참모습은 지금도 형성되고 있습니다.
하느님은 오늘, 이 순간에도 당신을 부르고 계십니다.

당신의 내면에서, 당신 이웃의 기쁨과 슬픔의 눈동자에서
그리고 역사 속에서, 지금과 영원히 완성의 그날까지.

불꽃은 꺼져도 그 빛은 영원합니다.

상처가 아물며 그 자리에 남은 흔적은

우리를 더 깊은 깨달음으로 인도하는 지혜의 지도가 됩니다.

하느님은 이 순간에도 당신의 상처를 새로운 빛으로

변화시킵니다.

인생의 불길을 여러 번 통과한 당신의 눈빛은

깊은 계곡의 물처럼 맑고 투명합니다.

깊은 강물은 소리 없이 흐릅니다.

당신의 침묵에는

천 마디 말보다 깊은 위로와 공감이 담겨 있습니다.

창조주의 손길이 매 순간 당신의 깊이를 더해갑니다.

당신의 미소는 봄날의 꽃처럼 환합니다.

수많은 겨울을 견디고 피어난 꽃이기에

그 향기는 더욱 그윽하고 선명합니다.

눈물의 바다를 건너야 웃음의 섬에 도착합니다.
하느님은 지금도 당신의 슬픔을 기쁨의 씨앗으로 심고 계십니다.

상실을 경험한 당신의 손길은 더욱 따뜻합니다.
부서짐을 아는 마음은 더욱 조심스럽고,
외로움을 아는 영혼은 더욱 넉넉합니다.

작은 등불 하나가 온 방을 밝힙니다.
당신의 친절은 어둠 속에서도 더욱 선명하게 빛납니다.

창조의 직업은 끊임없이 당신을 빛의 존재로 빚어가고 있습니다.
당신이 걸어온 길에 뿌려진 눈물의 씨앗은 이제 울창한 숲이 되어
지친 여행자에게 그늘을 선물합니다.

진주는 상처 입은 조개가 만듭니다.

당신의 아픔은 세상을 위한 선물로 피어납니다.

하느님은 오늘도

당신의 모든 경험을 아름다운 보석으로 다듬고 계십니다.

당신의 아름다움은 거울이 다 담을 수 없습니다.

향기는 바람을 타고 멀리 퍼집니다.

당신이 남긴 흔적은 시간이 흘러도 더욱 깊고 선명해집니다.

당신과 함께하는 순간,

우리는 저절로 더 나은 자신이 되고 싶어집니다.

창조주의 손길이 당신의 영혼을 날마다 새롭게 빚고 있습니다.

진정한 아름다움은 화려한 겉모습이 아닙니다.

산은 높아도 오르는 자 많고, 하늘은 넓어도 나는 자 적습니다.

날마다 선택하는 용기와 절망 속에서도 희망을 바라보는 시선,

상처받아도 다시 사랑하려는 결단이

당신을 하느님의 걸작으로 완성해 갑니다.
당신은 지금도 빚어지는 중인 신성한 작품입니다.

별은 가장 어두운 밤에 더 밝게 빛납니다.
당신의 시련은 어둠이 아닌 빛의 탄생지입니다.
당신이 지나가는 자리마다 작은 등불이 켜지고,
그 불빛을 따라 또 다른 이들이 희망의 길을 발견합니다.
창조주는 지금도 당신을 통해 세상에 빛을 전하고 계십니다.

바로 지금, 이 순간 당신이 모르는 어딘가에서
누군가는 당신을 생각하며 미소 짓고 있습니다.

당신이 남긴 친절의 기억, 당신이 건넨 위로의 말 한마디가
그들의 가슴에 꽃으로 피어납니다.
하느님의 창조는 당신을 통해 끊임없이 계속됩니다.

꽃은 져도 향기는 남습니다.

우리의 모든 순간은 영원한 향기로 남습니다.

불꽃을 지나 피어난 꽃처럼, 상처를 지나 깊어진 사랑처럼,

어둠을 지나 더욱 빛나는 별처럼.

당신은 지금도 완성되어가는 하느님의 시가 됩니다.

당신의 모든 눈물과 웃음, 그 찬란한 여정이

오늘도 세상의 어딘가에 아름다운 흔적을 남기고 있습니다.

창조주의 숨결이 당신을 통해 지금도 세상에 흐르고 있습니다.

이것이 바로 세상에서 가장 아름다운 이야기

지금도 쓰이고 있는 당신의 이야기입니다.

동검도 묵시록 　　　—아이고머니나 I GO MONEY NA

제1장. 플라스틱 성찬의 계시

그때 내가 보니, 하늘이 열리고 일회용 컵을 든 자가 나타났더라.

아스팔트 사막 한복판, 그림자 하나 없는 종말의 대지에서

한 손에는 스마트폰, 다른 손에는 일회용 컵, 문명의 성배를 들고

인간이 하늘을 우러러 외친다.

"아이고 미치겠네, 왜 이리 뜨거워!"

이것이 요한계시록의 첫 번째 나팔소리였다.

하늘의 해가 미쳤다고? 아니다, 미친 것은….

제2장. 일곱 죄악의 봉인

첫 번째 봉인이 열리니 욕망이라는 이름의 기사가 나타났다.

그는 붉은 말을 타고 지구의 폐를 불태우며 달려왔다.

두 번째 봉인이 열리니 무지라는 이름의 기사가 나타났다.

검은 말을 타고 '에이 모르겠다'며 에어컨을 더 세게 틀었다.

세 번째 봉인이 열리니 탐욕이라는 이름의 기사가 나타났다.

창백한 말을 타고 "America First, I GO MONEY NA!"

외치며 바다를 경매에 부쳤다. 뜨거운 것은 햇빛이 아니다.

그것은 우리 심장 속 지옥불의 코어였다.

제3장. 바벨탑의 최후

그리고 나는 들었다. 지구에서 올라오는 큰 소리를,

"누가 나를 이렇게 만들었느냐!"

이것은 창조주의 질문이 아니라 피조물의 역설적 고발이었다.

가이아가 인간을 향해 던지는 최후의 법정 심문이었다.

우리는 신을 닮고 싶었다. 그래서 프로메테우스가 되었고,

이카루스가 되었고, 마침내 바벨탑의 건축자가 되었다.

불법복제된 신의 불을 전력망에 붙여놓고

이윤이라는 제단에서 미래를 산 채로 태웠다.

제4장. 일곱 대죄의 전염병

첫 번째 재앙: 플라스틱의 독 일회용 컵 속에서 흘러나와

바다의 고래를 질식시켰다.

두 번째 재앙: 디지털 우상숭배 스마트폰 화면에서 뿜어져 나와

인간의 영혼을 좀비로 만들었다.

세 번째 재앙: 에어컨의 냉기 프레온 가스가 오존층을 뚫고

하늘의 방패막을 파괴했다.

네 번째 재앙: 셀카의 저주, 나르키소스의 저주가 부활하여

모든 인간을 자기 사랑에 빠뜨렸다.

태양은 단 한 번도 화낸 적 없다. 그저 침묵으로 빛을 보냈을 뿐

우리가 그 빛을 욕망의 속도로 증폭시켰다.

제5장. 네 기사의 최후 행진

그때 내가 보니 하늘에서 네 천사가 내려왔다. 각각 나팔을 불며

첫 번째 천사: "우리부터 살자!" 그 말과 함께 숲이 사라졌다.

두 번째 천사: "내 나라가 먼저다!" 그 말과 함께 바다가 끓었다.

세 번째 천사: "편의가 먼저다!" 그 말과 함께 하늘이 갈라졌다.

네 번째 천사: "이윤이 최고다!" 그 말과 함께 미래가 죽었다

제6장. 거짓 예언자들의 속삭임

짐승의 표를 받은 자들이 트럼프 모자를 쓰고 나타나

마지막 자리에 하느님 이름을 붙였다. 그들은 말했다.

"신화는 거짓말이다."

"기후변화는 가짜뉴스다."

"과학은 조작이다."

하지만 진리가 외쳤다.

"신화는 허구가 아니었다. 그것은 경고였다!"

제7장. 대심판의 에어컨

마지막 나팔이 울렸다.

에어컨 앞에서 무릎 꿇은 인간의 최후 고백이 시작되었다.

"아이고 미치겠네, 저 전기는 어디서 왔을꼬,"

묻지 마라, 다 알면서.

이것은 자연의 복수가 아니다. 문명의 자해다.

우리가 던진 쓰레기가 우리 폐를 덮고,

우리가 키운 욕망이 우리 자녀를 태우고 있다.

제8장. 새 하늘과 새 땅을 위한 애가

그때 나는 새 목소리를 들었다.

옥좌에서 나오는 작고 떨리는 목소리를

"아이고머니나" 이 말 속에 담긴 것은,

어머니의 탄식, 지구의 신음, 미래의 절규, 양심의 속삭임

I GO MONEY NA

나는 돈을 향해 간다, 아니다.

이 역설적 고백 속에서 구원의 씨앗이 움튼다.

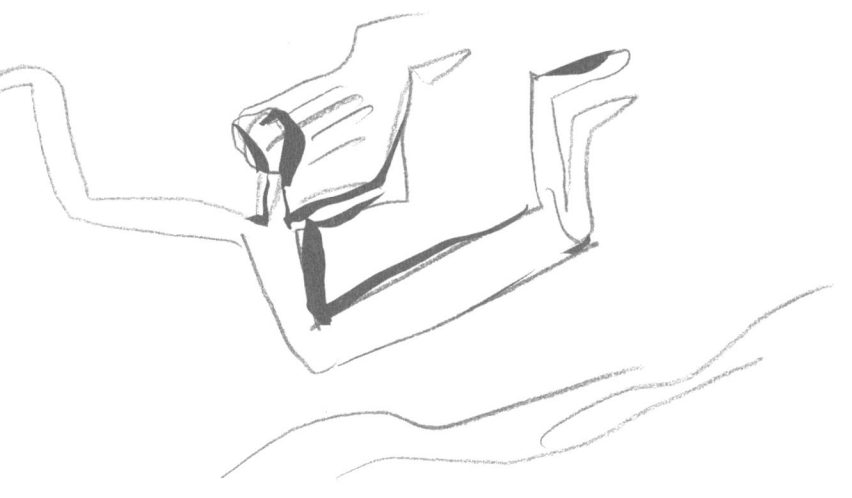

제9장. 최후의 계시

그리고 나는 보았다. 새 하늘과 새 땅을

첫 번째 하늘과 첫 번째 땅은 지나가고 바다도 다시 있지 않더라.

하지만 그 전에 우리는 선택해야 한다.

계속 부채질할 것인가? 아니면 손을 내릴 것인가?

너의 땀은 죄의 이마에서 흐르는 회개의 첫 방울이다.

햇빛은 오늘도 같다. 그때나 지금이나 달라진 건 우리의 눈,

우리의 심장, 우리의 각성이다.

제10장. 에필로그_두려움이라는 열쇠

마지막 계시가 울려 퍼졌다. "아이고머니나" I GO MONEY NA.

이 두려움이, 이 떨림이, 이 양심의 가책이

우리를 구원할 마지막 열쇠다.

아멘, 주 예수여 오시옵소서.

그러나 그 전에 우리가 먼저 와야 한다.

회개와 함께, 변화와 함께,

"아이고머니나"

I GO MONEY NA

사막의 은수자

평생 침묵으로 살아온 사막의 수행자 세라피온은
가난한 사람들을 먹이기 위해 단 한 권뿐인 성경을 팔았다.
그리하여 그는 모든 것을 팔아서 가난한 사람들에게 주라는
그 말씀마저 팔았다.

그가 황막하고 고적한 사막을 떠돌던 제자들에게 말했다.
잘 알려진 곳에서 살지 말고, 유명한 사람과 있지 말며,
수도할 집을 지으려고 마음먹은 곳에 터를 닦지도 말라.

그는 죽어 사막의 모래 가운데 작은 모래 한 알이 되었다.
그리하여 하느님을 위해, 하느님을 놓아 버리게 해 달라는
그의 기도가 그대로 이루어졌다.

동검도 아침 명상

불은 산소를 갈망하며 타오른다.
그러나 물은 그 동일한 산소를 품은 채로 불꽃을 잠재운다.
같은 산소라도 자유롭게 춤출 때는 불의 영혼이 되어 생명을
불어넣고,
분자의 사슬에 묶일 때는 불의 숨결을 앗아간다.

인생의 역설도 이와 다르지 않다.
무엇을 소유하는가보다 그것이 어떤 맥락에서, 어떤 방식으로
존재하는지
삶의 빛과 그림자를 결정한다.

마음의 풍경 또한 그러하다.
끊임없이 흐르는 사랑은 생명의 노래를 부르지만,
정체된 사랑은 그 자신의 산소마저 고갈시켜 질식하고 만다.

열정의 의지는 어둠을 밝히는 횃불이 되어 세상을 비추나,
맹목적 집착은 그 불길 위에 냉혹한 현실의 물을 끼얹어
모든 가능성의 불씨를 소멸시킨다.

존재의 본질은 그 형태가 아닌,
자유로운 흐름과 변화의 의지에 있음을
물과 불과 산소는 침묵 속에 가르친다.

부활의 언덕, 그 침묵의 성채 아래서

나사렛 예수님

당신은 가장 낮은 곳으로 내려오셨는데

저희는 높은 곳을 향해 서로 밟고 올랐습니다.

세상의 정상에서 영광을 꿈꾸며 형제의 등을 디뎠습니다.

섬김의 손길을 외면한 채 달려갔습니다.

당신이 죽음의 골고다를 오르실 때

저희는 죽음을 피해 숨 가쁘게 달렸습니다.

생존만이 삶의 이유라 굳게 믿었습니다.

당신은 십자가를 향해 의연히 걸어가셨는데

그 순명의 걸음이 무엇인지 깨닫지 못했습니다.

저희는 상처받은 가슴에 철옹성 같은 벽을 쌓았습니다.
아무도 들이지 않겠다며 문을 굳게 닫았습니다.
당신은 찔린 옆구리를 활짝 여셨는데
그 흘러내린 구원의 물줄기를 알아보지 못했습니다.
한 방울 눈물도 아끼며 강인함을 가장했습니다.
연약함을 드러내는 것이 패배라 여겼습니다.
당신은 피와 물을 남김없이 쏟으셨는데
그 희생의 깊은 바다를 헤아리지 못했습니다.

저희는 작은 잘못에도 용서의 문을 닫았습니다.
상처의 기억 속에 스스로를 가두었습니다.
당신은 못 박는 손마저 용서하셨는데
그 자비의 무한한 품을 알지 못했습니다.

저희는 자그마한 고통에도 절망의 어둠에 빠졌습니다.
자신의 아픔이 세상에서 가장 크다 여겼습니다.
당신은 십자가 위에서도 희망의 빛을 보셨는데
그 소망의 별빛을 찾지 못했습니다.

주여, 저희는 보이는 것만 실체라 믿었습니다.
만질 수 있는 것만이 진실이라 착각했습니다.
당신은 보이지 않는 사랑의 실존을 믿으셨는데
저희의 영적 눈은 그 사랑의 실체를 보지 못했습니다.

주여, 저희는 안전한 빛 속에서만 길을 찾았습니다.
확신과 보장이라는 이름의 안락함만 좇았습니다.
당신은 어둠 속에서도 스스로 길이 되셨는데
저희의 두려움이 그 거룩한 길을 외면하게 했습니다.

주여,

저희는 죽음 앞에 모든 희망을 내려놓고

절망의 늪에서 헤맬 때마다

생명이란 결국 허무로 끝난다며 체념하기 일쑤였습니다.

당신은 죽음 속에서 생명의 씨앗을 심으셨는데

저희의 불신은 너무나 자주 그 부활의 새싹을 밟아버렸습니다.

주여, 저희는 말의 성찬으로 사랑을 외쳤습니다.

입술의 고백만으로 충분하다 자만했습니다.

당신은 침묵 속에서 사랑의 완성을 이루셨는데

저희의 공허한 울림은 진정한 사랑을 담지 못했습니다.

골고다 언덕 위, 비천한 죄인과 하느님의 자비가 만나는 자리

그곳에서 당신의 영원한 사랑이 저희의 깊은 죄와 만납니다.

갯벌의 갈라진 틈처럼 메마른 저희 영혼에

당신의 생명수가 물밀듯 차오르듯

저희 영혼을 생명의 빛으로 차오르게 하소서.

골고다 언덕 위, 미움과 사랑이 십자가에서 교차하는 자리
저희의 유한함과 당신의 무한함이 만나는 그 거룩한 장소에서
십자가는 저주의 나무가 아닌 저희 영혼의 거울이 됩니다.
저희의 교만과 이기심, 냉담함이
그 빛 앞에 영원히 벌거벗게 하소서.

주여,
참혹한 골고다 언덕 위 하늘과 땅의 경계가 무너진 자리에서
엎디어 간구하오니, 저희의 무지를 용서하소서.
저희 무지를 애달피 여겨주소서. 그리고 주여,
돌같이 찬 무지의 심장을 뜨거운 피가 도는 살 심장으로 바꾸시어
"나를 따르려거든 제 십자가를 지고 오너라"
당신의 그 말씀을 저희 영혼의 가장 깊은 곳에 새겨 넣어 주소서.

골고다 언덕 위, 영원한 생명이 죽음의 권세를 이긴 자리
당신처럼 섬김의 낮은 곳으로 이제 저희도 내려가게 하소서,
당신처럼 생명의 빵과 포도주를 이제 저희도 나누게 하소서,
내려감이 오름임을, 비움이 채움임을 이제 저희도 깨닫게 하소서,

골고다 언덕 위, 당신의 가시 면류관으로
저희 교만의 성벽을 무너뜨리소서.
당신의 못 박힌 손으로 저희의 탐욕의 사슬을 끊으소서.
당신의 창에 찔린 옆구리로 저희 냉담의 얼음을 녹이소서.
당신의 십자가 죽음으로 저희에게 생명의 숨결을 불어넣으소서.

골고다 언덕 위, 무한한 자비의 강물이 흘러내리는 자리
주여, 이 허물 많은 저희의 영혼을 정결케 하소서.
저희의 더러운 손으로 당신의 거룩한 발을 씻기게 하소서.
저희의 부족한 입술로 당신의 이름의 영광을 찬양하게 하소서.

골고다 언덕 위, 그 깊은 어둠이 우주를 뒤덮은 자리
세상의 참 빛이 되신 나사렛 예수님
오늘, 이 수난절에 저희의 참회와 애통을 받아주소서.
당신의 신적 고통이 저희의 영원한 구원임을 깊이 새기게 하소서.

골고다 언덕 위,
당신의 찢긴 살점마다 저희를 위한 영원한 사랑이었음을,
당신의 흘린 피 한 방울마다 저희를 향한 완전한 용서였음을,
당신의 마지막 숨결마저 저희를 위한 영원한 생명이었음을,
이제야, 이제야 저희가 온전히 깨닫고 무릎 꿇게 하소서.

그리하여 죽음의 신비가 생명의 시작임을,
부활이 당신 안에서 이미 완성된 약속임을
저희가 가슴 깊이 깨닫게 하소서.

살아가는 동안 이 세상에서 가장 무거운 당신의 침묵이
가장 깊고, 가장 애절하고, 간절한 당신의 말씀임을
깨닫게 하시옵소서.

참 행복을 위한 자비의 길 　　—2025년. 자비의 주일에

바람이 들판을 스치듯, 빛이 어둠을 밀어내듯
우리의 영혼도 쉼 없이 참된 기쁨과 행복을 끝없이 갈망합니다.

고린도 전서 13장에서 사도 바오로는
우리에게 참사랑이 어떤 것인지를 일러주고 있습니다.
사랑은 오래 참고, 친절하고, 시기하지 않고, 자랑하지 않으며,
교만하지 않고, 무례하지 않고, 이익을 구하지 않고,
성내지 않고,
악을 마음에 품지 않고, 모든 것을 감싸고, 모든 것을 믿으며,
모든 것을 바라고, 모든 것을 견디어 내는 사랑.

이 사랑은 스러지지 않고
영원의 숨결 속에 영원히 남아 있을 것이라 했습니다.
이 사랑으로 완성되는 행복을 마태오복음 5장에서
예수님은 참 행복으로 세상에 선포하셨습니다.

마음이 가난한 사람은 행복합니다.
하늘나라가 그들의 것입니다.

슬퍼하는 사람은 행복합니다.
그들이 위로를 받을 것입니다.

온유한 사람은 행복합니다.
그들이 땅을 차지할 것입니다.

의로움에 주리고 목마른 사람은 행복합니다.
그들이 배부르게 될 것입니다.

자비를 베푸는 사람은 행복합니다.
그들이 자비를 입을 것입니다.

마음이 깨끗한 사람은 행복합니다.
그들이 하느님을 뵙게 될 것입니다.

평화를 이루는 사람은 행복합니다.
그들이 하느님의 자녀라 불릴 것입니다.

의로움 때문에 박해받는 사람은 행복합니다.
하늘나라가 그들의 것입니다.

그렇습니다. 우리가 이 세상에서 꿈꾸는 행복과는
예수님의 이 행복선언은 참으로 먼 거리에 있는 듯하지만,
그 안에 흐르는 진실은 결코 변치 아니할 것입니다.

참된 행복은 움켜쥐는 손안에 있지 않고,
사랑을 흘려보내는 마음 안에 피어납니다.

나를 위하여 살지 않고, 이웃을 위하여 살 때,
내 영혼은 더욱 깊고 맑은 기쁨으로 채워집니다.

행복은 또한, 프란치스코 교황님의 가르침 안에서 빛납니다.
교황님은 자비를 말씀과 더불어, 삶으로 증언하셨습니다.

어머니가 아이를 껴안듯, 강물이 메마른 땅을 적시듯,
햇살이 고요히 어둠을 밀어내듯, 자비는 조용히,
그러나 분명히 세상을 변화시킵니다.

태양은 자신을 위하여 빛나지 않고,
강은 자신의 갈증을 풀기 위해 흐르지 않으며,
나무와 꽃은 자신을 위해 열매를 맺지 않습니다.

우리 또한 그러하길 기도합니다.
남의 슬픔에 조용히 귀를 기울이고,
눈에 띄지 않는 작은 친절을 매일 심으며,
감사의 숨으로 하루를 열고,
도움이 필요한 이를 향해 망설임 없이 손을 내미는 삶.

상처를 품은 채로도 부드러운 눈빛을 잃지 않고,
기쁨과 눈물을 함께 지니며,
공동체의 숨결 속에 따스함을 불어넣는 삶.

긍정의 말로 서로를 세우고,
사랑하는 이들과의 시간을 고요히 품고,
자기 자신을 돌보는 일 또한 사랑임을 잊지 않는 삶.

새로움을 향해 끊임없이 배우고,
연민의 시선으로 세상을 바라보며, 자비의 작은 씨앗을
조심스레 심어가는 삶이어야 한다고 말씀하셨습니다.

참된 행복은 움켜쥐는 데 있지 않고,
내어주고 사랑하는 그 순간 빛나기 시작하고
진정한 행복은 나만을 위한 길이 아닌 타인을 위한 길에서
더 깊고 넓은 생명의 기쁨으로 넘쳐나게 될 것입니다.

그리고 이 모든 여정의 끝에서 참 행복은,

사랑과 자비가 생명으로 머무는 자리,

하느님의 품속에서 영원히 꽃피어 날 것입니다.

흐름 위에서

물비늘 위를 조심스레 건너는 햇살처럼

사랑은 언제나 가장 여린 떨림으로 내게 왔습니다.

설레는 마음으로, 말보다 먼저 스며드는 고요한 침묵으로

사랑은 눈빛 하나에 조용히 흔들리는

환희의 '알아차림'이었습니다.

그 순간 나는 알게 되었습니다.

유한 속에 무한을, 시간 속에 영원을 꿈꾸는 우리의 사랑은

이 세상의 중심에서부터 아주 오래전부터

슬픔을 품은 채 피어나는 꽃이었다는 것을.

나는 당신과의 만남 가운데

숨은 그림자를 통해 예감처럼 미리 엿보았습니다.

사랑은 폭포 아래로 떨어지는 물처럼

자신을 아낌없이 내어주는 흐름이며,

스스로 사라짐으로써 타인을 살리는

눈물처럼 투명한 열정이었습니다.

그리하여 나는 기쁨이 솟구치는 순간에도
어렴풋이 이별을 예감하게 되었습니다.
당신을 사랑하게 되었을 때,
이미 당신 없는 시간을 미리 가슴에 품게 되었음을
나는 아주 천천히 깨닫게 되었습니다.
이승에서의 사랑은 언제나
이별의 향기를 안고 땅에 내려앉는 씨앗처럼
고요하고 겸허하게 뿌리내려 슬픈 향기를 품고
거친 동토에 피는 봄날 하이얀 찔레 가시 같았습니다.
보는 이 없어도 말없이 피었다 흔적 없이 사라지는
존재의 숭고한 아름다움, 바로 그것이 유한한 세상에서
단 한 번 주어진 생애에 사랑이 깃드는 섭리였습니다.

자크 데리다는 『애도 작업』에서 이렇게 말했습니다.
"나는 너를 사랑하는 순간, 이미 너의 죽음을 애도하고 있다."
그의 이 문장은 짙은 안개 속에서 들려오는 종소리처럼
마음을 깊이 울리고 지나갑니다.

사랑은 그렇게 우리가 자각하지 못하는 사이
상실의 시간 속에 조용히 뿌리내립니다.
사랑이란, 그 사람이 사라진 뒤에도 여전히 그의 부재를 통해
또다시 사랑할 준비를 시작하는 일인지도 모릅니다.
그 존재가 영원히 곁에 머물지 않더라도,

함께한 시간은 영원을 대신할 만큼 귀한 것이 되기에
우리는 오늘도 끊임없이 사랑을 선택합니다.

롤랑 바르트는 『사랑의 단상』에서 말합니다.
"부재는, 사랑하는 자가 끊임없이 생산하는 언어다."
그의 말처럼, 우리는 말할 수 없는 것을 말하려 애쓰며
잃을까 두려운 마음으로 지금 여기를 더욱 붙잡습니다.
사랑은 늘 그 자체로 부재를 향한 속삭임,
아직 오지 않은 이별을 견디기 위한
가장 아름답고도 슬픈 기도입니다.

사랑이 머무는 시간은 덧없고, 기억은 길며,

기억이 애도의 옷을 입는 날이 반드시 온다는 것을

우리는 어렴풋이 알면서도 그 모순의 장대한 흐름 위에

꽃을 꺾어 놓듯 사랑을 띄웁니다.

지그문트 바우만은 『액체 사랑』에서 이렇게 말합니다.

"사랑은 끝남을 전제하며 시작된다."

이 무정해 보이는 문장은 오히려 가장 정직한 위로가 됩니다.

사랑은 영원하지 않다는 사실을 처음부터 알고 있었기에

우리는 더욱 뜨겁게 사랑합니다.

불꽃은 꺼질 줄 알기에 잔란하고,

꺼진 자리마다 남겨진 잿빛 기억의 꽃은

다시 우리를 살게 합니다.

사랑은 흐름 위에서 피어나는 꽃입니다.

언제나 잠시 머물다 떠날 것을 알기에

그 꽃은 더욱 진하게 피고, 더 향기롭게, 더 깊게,

끝없이 바람에 흔들립니다.

그 흔들림은 애도의 예감이며, 그 맑고 빛나는 애도 안에

사랑의 가장 순결한 진실이 숨어 있습니다.

우리는 이제 압니다.

사랑이란, 함께 있는 동안 바로 그 순간 그 자리에서

그 사람을 조용히 떠나보내고 있는 일이며,

애도란, 떠난 뒤에도 여전히 그를 사랑하고 있는 일이라는 것을

우리는 안타까운 마음으로 예지하고 있습니다.

그래서 흐름 위에서 우리는 사랑합니다.

끝을 알면서도 그 끝마저도 떠나보낼 수 있기를 바라는 마음으로

바람결에 들리지 않는 애원의 송가를 숨죽여 부릅니다.

때로는 침묵 속에 뜨거운 전율로, 승화의 환상으로, 혼신의 절규로,

이별 뒤에 홀로 숨어 그대 이름을 목 놓아 부릅니다.

사랑은 결국 애도의 꽃.

영원하지 않기에 더욱 영원한 한 송이 기억과 그리움과

찬란함으로 이루어진 사랑은 흠도 티도 없는 그리움 속에

영근 희망이 피워낸 절망의 꽃입니다.

우리는 오늘도 그 꽃을 가슴에 품은 채

흐름 위를 조용히 건너갑니다.

그리고 사랑은 이제 이름도 없고 형체도 없는

텅 비고 자유롭고 순수한 절대 신성의 어둠

그 초연의 존재 그 자체로 흐름이 끝난 방하放下의 품 안에서

너와 나, 마침내 우리는 영원히 하나가 될 것입니다.

종말시계

폭염의 여름이 지쳐 울던 아이 눈망울처럼
그렁그렁 가을은 빗속에 젖어 있다.

외계인같이 마스크를 쓴 얼굴 없는 사람들이
비를 피해 쏜살같이 거리를 지난다.

듬성듬성 노인 수염 같이 흩뿌리던 빗방울이
후두둑 후두둑, 울다 지쳐 딸꾹질하듯
인적이 끊긴 텅 빈 도심의 거리마다
잿빛 하늘이 시도 때도 없이 무너져 내린다.

지나친 과식과 자극으로
위산이 식도로 역류하듯
지구도 딸꾹질하는지 누가 알겠어.

언제부턴가 자기 이름을 잃어버린

슬픈 계절의 등을 두들기며

찬물 한 사발 드릴까, 그래도 안 되면

코를 쥐고 설탕물 한 사발을 올려 드릴까.

무한허공에 닿을

내 짧은 팔이 정말로 야속하다.

아무도 멈출 수 없고

아무도 말릴 수 없는 충동으로

병든 바다 병든 땅 버리고

멀리멀리 더 멀리 달에 가고 화성에 가면서도

한 뼘 불타는 머릿속 사정에 눈먼

욕망과 번뇌의 불길 속에 째깍째깍

지구의 종말시계는 11시 58분 20초

역사상 가장 가까운 자정 100초 전

적막한 거리에 펼쳐지는 마지막 퍼포먼스를
살아서 보는 게 다행인지 불행인지 알 수 없다.

가을비 속에 610-690 헤르츠
높은 '레'와 높은 '파' 음 사이로 숨 가쁘게
달리던 구급차가 하늘로 올라가고
실시간 인터넷 뉴스 창에는
COVID-19가 222개 국가 사망자 4,527,393명
굵은 자막이 사라지자
아프간 전쟁터에서 마지막으로 떠나는
미군 장성 크리스토퍼 노나휴가 비행기 트랩을 오르고 있다.

숯

당신의 사랑은
천 길 불 속을 지나는
바람인 줄 알았지만
사실은 모순의 극한
어둠과 절망의 경계에 피는
마지막 불꽃이었다.

내 청춘의 다비소에서
뜨거운 눈물로 아로새긴
견고한 사랑의 서원
식어가던 내 주검이
한 송이 뜨거운 꽃으로
피어날 때

주님이시여

저에게 눈을 돌리시어

아직도 마지막 온기로 남은

내 사랑의

하얀 절망의 사리를 거두시어

칠흑 같은 어둠의 세상

하얀 눈보라로 내리소서.

하얀 눈보라를 하염없이 내리소서.

'하나'라고 이른다

짹각 째각 짹각 째각
그 누군가의 숨소리나
발자국 소리처럼 낯선
벽시계 소리에 잠이 깨다
이름 없는 너를
사람들은 '시간'이라 하였지
영원한 찰나의 반복
제자리걸음 속에
시간은 흐르는 것도
가는 것도 아닌 너를
그 어디론가 흐르고
간다고 하였다

무상변화 속에

들숨 날숨 살아 있기에

시간이 있다고 생각하지만

우주의 엔트로피가 극한에 다다른 날

그 어떤 일도 일어나지 않는

무한히 텅 빈 허공

시간 너머 공간 건너

무無와 공空이란

글자마저 놓아서는 안 될

그것을 향해

그래도 어쩔 수 없어

이름하여

'하나'라고 하는

그곳에 그분이 계신다

원죄

눈이 내립니다
하늘 무너진 듯 무섭게
함박눈이 내립니다

당신과 함께 쫓겨 온

이 낯선 불륜의 영토에

눈이 내립니다

아무런 까닭도 없이

어느 날 문득 당신이

지순한 눈빛으로 내 안에

눈부신 설렘으로 녹아들어

끊을려야 끊을 수도 없고

이을려야 이을 수도 없는

허공에 놓인 다리처럼

그리운 만남은 언제나 시작도 끝도 없이

이별로 사랑을 고백해야 했기에

얼어붙은 모순의 순결한 결백은

잔인한 축복인 듯

얼어붙은 꽃잎으로

또 한 번 이승에서

흔적도 없이 사라져야 할 사랑을

우리는 고백해야만 합니다

비수

좁은 부뚜막에서
서둘러 야채를 썰다
큰 식칼이 떨어져
새끼발가락 옆에 꽂혔다

고개를 드니
들창 밖
초연 超然 하고
태연 泰然 한 먼 하늘

두 손 잃어버린
창백한 낮달이 창가에
흔들리는 나뭇가지 사이로
애써 얼굴을 숨기고 있다

눈을 가려도
면목 없는 맨얼굴

바람은 이 까닭을 알고 있는 것일까

무리에서 쫓겨난
어느 외로운 바람인가
뼛속 비수를 들고 다니던
그 바람이 늙은 것일까

바람 한 점 없어 죽은 듯
고요한 이 순간에도
나뭇가지는 흔들린다

바닥에 꽂혔던 식칼이
'툭' 하고 바닥에 쓰러진다.

처음으로

얼굴 없는 바람을

두 눈으로 보는 순간이다

하느님의 헛기침 소리에

적멸 가을하늘

흰 구름 한 조각이 스러진다

선물

첫눈이 오면
눈사람 하나를 만들어
당신께 바치겠습니다

만발한 우리들의 죄가
흰 꽃잎으로 떨어져 쌓이는
엄동의 빈터에

천도의 열기를 지닌
당신의 숨결과
내 뜨거운 눈물을 간직한
눈사람 하나를 만들어
당신께 바치겠습니다

얼음불 같은 내 생애에
다함 없는 사랑의 밀정密偵으로
몰래 숨어든
없이 계신 당신 *께

천형 같은 그리움으로
하늘 무너진 저 폭설 너머
처연한 햇살 녹아내리는
하늘나라 양지 곁

나보다 더 나를 닮은
팔도 다리도 없는
숯검댕이 눈먼
눈사람 하나를 만들어
당신께 바치겠습니다

———————————

*   다석 유영모(1890~1981)선생은 하느님을 "없이 계시는 분"이라 일컬었다.

물 위로 걷는 사람

그는 물 위를 걷는 사람입니다. 흔들리는 파도 위에서, 거센 바람 속에서, 보이지 않는 길 위에서. 그리스도인, 그는 그러한 사람입니다. 견고한 땅이 아닌 움직이는 물결 위에 발을 내딛는 사람, 확실함이 아닌 모험 속에서 한 걸음씩 나아가는 믿음의 사람입니다. 그는 처음부터 물 위를 걸은 것이 아닙니다. 그는 처음에는 그저 따라간 것이 전부였습니다. 낯선 갈릴래아 호숫가의 베드로처럼, 어느 날 문득 빛처럼 걸어오신 한 사람을 뵈온 후 '나를 따라오너라.' 그 황홀한 목소리에 그물을 버리고 따라나섰습니다.

그때 그는 정말로 몰랐습니다. 자신이 언젠가 물 위를 걸어야 할 사람이 될 줄은. 흔들림 위에서 믿음을 고백해야 할 사람이 될 줄은. 그저, 그 거룩한 눈빛에 자신이 다 들여다보이는 것 같아서 따라갔습니다. 그것이 그 모험의 시작이었습니다. 그는 자신이 없는 사람이었습니다. 아는 것도 배운 것도 없는 막연한 두려움으로 흔들리는 사람이었습니다. 그러나 물고기보다 사람을 낚게 되리라는 말씀에 마음이 요동치기 시작했습니다. 언젠가 세상이 달라질지도 모른다는 신비로운 기대와 떨림으로 그의 심장은 흔들렸습니다.

그리고 어느 날 주님께서 바다 위를 걸어오시는 모습을 뵈온 후 "저도 물 위로 걸어가게 해 주십시오"라고 외치며 그도 정말 물 위를 걸었습니다. 몇 걸음인가, 그는 정말 걸었습니다. 물결이 발밑에서 단단해지는 기적을 온몸으로 체험했습니다. 그러나 바람이 스치는 순간, 두려움으로 자기를 돌아보는 바로 그때, 그는 죽음이 넘실대는 깊은 물에 빠져버렸습니다. 물에 빠진 그를 주님께서 건져 올리는 순간 그는 깨달았습니다. 물 위를 걷는다는 것이 결코, 넘어지지 않는다는 의미가 아니라는 것을.

물 위를 걷는 사람은 언제나 물속에 빠질 위험 속에 삽니다. 그러나 빠져도 다시 건져 올려지는 은혜 속에 삽니다. 그 이후로 그의 인생은 가는 곳마다, 머무는 곳마다 물 위를 걷는 연속이었습니다. 그는 축복의 산에서 깊은 잠에 빠졌고 사랑을 말하면서도 그 사랑을 세 번이나 매몰차게 부인하고 닭이 울던 그 새벽, 어둠 속에 숨어 깊은 회한으로 홀로 울었습니다. 그러나 놀랍게도 그분은 그를 떠나지 않았습니다. 되려 바다 위에 바람처럼 다시 찾아왔습니다.

불 피운 아침 생선과 빵 사이로 묻는 단 한 말씀, "너는 나를 사랑하느냐?" 그는 이번에도 확신할 수 없었습니다. 그러나 그 불확실함 속에서도 바람에 숯불이 피어나듯 다시 물 위를 걸을 용기를 품고 있었습니다. 그렇습니다. 물 위를 걷는 사람은 흔들림을 두려워하지 않는 사람이 아닙니다. 흔들림 속에서도 한 걸음을 내딛는 사람입니다.

그리스도인, 그는 그러한 사람입니다. 믿으며 의심하고, 사랑하면서도 배반하고, 따르면서도 자주 돌아보지만, 마침내 그 모든 흔들림 끝에서 가장 고요하고 가장 뜨거운 목소리로 말하는 사람. "당신은 살아 계신 하느님의 아드님, 나의 주님이십니다." 그의 인생은 그 고백 이후 진짜 모험이 시작됩니다.

때로는 정말로 어처구니없는 사람처럼 보이지만 이제 그는 남들에게도 물 위를 걸으라고 말해야 하는 사람이 되었습니다. 두려움은 사라지지 않았지만, 사랑이 두려움을 이깁니다.

그는 다시 그물을 들고, 이번엔 사람의 마음을 건져 올립니다. 아무도 찾지 않는 도시, 절망의 광장에서 그는 이제 다른 이들에게 물 위를 걸을 수 있다고 말합니다. 그 사람의 이름으로 말하고, 그 사람의 이름으로 치유하며, 그 사람의 이름으로 자신의 생명을 내어줍니다.

물 위를 걷는 사람들이 모인 곳, 그곳이 그리스도인의 공동체입니다. 모두가 흔들리고, 모두가 때론 빠지고, 모두가 의심하지만, 그럼에도 불구하고 다시 물 위로 발을 내딛는 사람들. 세상의 잣대로 보면 그들은 무모한 사람들일지도 모릅니다. 그러나 하늘의 시선 아래 그들은 가장 용감한 모험가들입니다. 고백이 살로, 피로, 사랑으로 바뀐 사람들입니다.

거센 바람이 부는 세상에서 그는 역류하며 걷습니다. 모든 것이 경쟁으로 치환되고, 성공이 곧 존재의 증명이 되는 시대에 그는 다른 길을 걷습니다. 부의 축적이 미덕이 되고, 명예가 신의 자리를 차지하며, 물질이 모든 관계를 재단하는 세상에서 그는 머튼처럼 고요한 침묵 속으로 들어갑니다. 세상이 '더 많이, 더 빨리, 더 높이'를 외칠 때 그는 '더 깊이, 더 천천히, 더 낮게'를 선택합니다. 그것이 물 위를 걷는 사람의 방식입니다.

정의 앞에서 그는 흔들립니다. 불의가 승승장구하고 권력이 진실을 짓밟는 현실 앞에서 그의 믿음도 파도처럼 일렁입니다. 그러나 그는 압니다. 정의의 승리는 인간의 손에 달린 것이 아니라 끝내 하늘의 시간표에 따라 움직인다는 것을. 그래서 그는 기다립니다. 행동하면서도 기다리고, 말하면서도 기다립니다. 물질 앞에서 그는 가난을 택합니다. 명예 앞에서 그는 겸손을 택합니다. 부 앞에서 그는 나눔을 택합니다. 세상이 보기엔 미련한 선택이지만 그것이 물 위를 걷는 사람의 지혜입니다.

그는 세상의 소음에서 벗어나 침묵 속에서 진짜 목소리를 듣습니다. 기도 속에서 찾는 것은 평안이 아니라 더욱 뜨거운 사랑이었습니다. 세상을 향한, 이웃을 향한, 원수까지도 품는 그 불타는 마음입니다. 그는 무지의 담장 너머로 세상의 아픔을 봅니다. 전쟁과 가난과 차별을 봅니다. 그리고 그 모든 어둠 속에서도 하느님의 빛이 스며들고 있음을 봅니다. 경제적 성공이 축복의 척도가 된 시대에 그는 다른 부를 추구합니다. 관계의 부, 영혼의 부, 나눔의 부. 세상이 '가져라'고 말할 때 그는 '주어라'고 말합니다.

세상이 만들어낸 허명 앞에서 그는 기꺼이 익명을 택합니다. 자신의 이름이 높아지는 것보다 그분의 이름이 높아지는 것을 더 간절히 원합니다. 그것이 물 위를 걷는 사람의 역설입니다. 잃어버릴수록 더 풍성해지고, 낮아질수록 더 높아지며, 감출수록 더 빛나는 삶. 그는 오늘도 물 위를 걷습니다. 바람은 거세고 파도는 높지만 그는 압니다. 물 밑으로 빠져도 그분의 손이 건져 올리시고 흔들림 속에도 은총이 깃들며, 무너짐의 끝에서 새로운 걸음이 시작된다는 것을.

그는 물 위를 걷는 사람입니다. 땅 위의 안전함보다 물 위의 모
험을 택한 사람입니다. 흔들림을 믿음의 적이 아닌 믿음의 무
대로 받아들인 사람입니다. 믿음이란, 넘어지지 않는 것이 아
니라 넘어진 후에도 다시 일어서서 물 위를 걷는 능력임을 삶
으로 고백하는 사람입니다. 그 고백 하나로 그는 오늘도 흐름
위를 걷습니다. 모험 위를 걷습니다. 불확실함의 위를 걷습니
다. 고요히, 그러나 세상의 두려움보다 더 강한 믿음의 사랑을
품고 물 위를 걷는 사람, 그가 바로 진정한 그리스도인입니다.

그해 겨울의 출가

1970년 겨울. 동해안 1번 국도, 비포장도로는 눈동자를 잃어버린 하늘로 이어져 있었다. 잿빛 하늘 무너져 내리듯 눈보라가 휘몰아치던 희멀건 하늘엔 희끗희끗 가루눈이 내리고 있었다. '눈 오는 날 거지 빨래한다'는 속담대로 포근한 저녁이지만 을씨년스러운 세모의 해거름 날씨는 흰 덧니를 드러내며 까닭 없이 불길한 웃음을 짓고 있었다.

해가 지자 빛바랜 해변의 낡은 목조건물 사이로 비치는 검은 바다를 배경으로 희미한 백열등이 꽃처럼 피어나기 시작했고, 휘몰아치는 눈보라 속에 시든 꽃잎처럼 어둠 속의 등불은 희미하게 흔들리고 있었다. 뜨거운 열기로 상기된 나는 얼어붙은 설령雪嶺을 넘어온 화차처럼 입가에 거친 숨을 몰아쉬며 무작정 거리를 걷고 있었다.

그날 밤 나는 설레던 짝사랑과의 첫 만남에서의 사랑 고백을 결별 통보로 마감했다. 만남이 없었던 이별은 이별이 아니었다. 그럼에도 "사랑한다, 사랑한다." 고백한 바로 그 자리에서 이별을 전하고 돌아서는 그 오만한 이기심은 잔인하고 비겁했다. 뒤돌아보면, 다시 또 돌아보면 만남과 이별을 동시 통보한 그 비겁한 사랑은 사랑이 아니었다.

위태롭기 짝이 없는 나의 출가는 밑그림이 없이 결과를 염두에 두고 그린 유치하고 찬란한 그림이었다. 돌아보며, 아쉬움을 달래며, 이별로 뒷걸음치며 만남의 위기를 모면하려는 나는 미물처럼 흉하고 비겁했다. 그 어딘가로 나는 숨고 싶었다. 어둠 속 비포장도로에 낡은 버스 한 대가 오고 있었다. 만취한 사내가 거리를 비틀거리며 거리를 질주하듯, 덜커덩거리며 흙먼지 속 완행버스가 내 앞에 섰다. 나에겐 행선지는 중요하지 않았다. 무조건 이 순간을 나는 떠나야만 했다.

황급히 두 손을 들자 괴성을 지르며 차는 섰다. 녹슨 문을 당기자 문은 비명을 지르며 간신히 열렸다. 낡은 문짝 너머로 희미한 불빛에 얼굴 없는 기사는 유령처럼 홀로였다. "막차에요, 빨리 타세요." 아무리 둘러봐도 텅 빈 차 안에는 아무도 없다.

매서운 추위 탓일까? 겨울 세상 만물이 다 얼어붙은 탓일까? 아니면 세상 사람들이 다 종적을 감췄는데 나만 모르고 있는 것일까? 인적이 끊긴 바닷가 마을은 텅 비어 있었고, 실성한 바람만이 깊이 잠든 바다의 덜미를 흔들며 알아들을 수 없는 주술을 쏟아내고 있었다.

'무소의 뿔처럼 혼자서 가라.' 세상에서의 모든 결행은 홀로 맞이하는 죽음처럼 엄숙했다. 낡은 차창에 얼어붙은 성에처럼 정체 모를 외로움은 유난히 큰 공막을 지닌 그녀의 눈처럼 적막했다. 아무런 이야기도 없는 침묵의 눈빛. 영문도 모르게 느닷없이 쏟아붓는 눈의 빛. 차갑게 얼어붙은 유리창에 어른거리는 아득한 적막함을 내 뜨거운 볼과 하얀 입김으로 호호 달래니 평생 젖어 본 적이 없는 맑은 유리창이 그렁그렁 한줄기 투명한 눈물을 흘린다. 그 유리창 안에 또 하나의 낯선 사내가 울고 있다.

유리는 스스로 무너짐을 허락하지 않는다. 깨어져 박살이 나던가, 날카로운 모습으로 흉기가 될지언정 단 한 번의 선택 앞에 그 어떠한 타협도 없었다. 그 차디찬 창에 기댄 나의 결행도 그곳이 어디든 떠나야 한다. 땅에 얼어붙기 전에 서둘러 떠나야 한다. 떠날 수밖에 없다. 혼신을 다해 혼령에 홀린 듯 바람처럼 어둠 속에 달리는 자동차는 길을 잃고 멈출 기색이 없다. 나도 이미 내려야 할 정거장을 지난 지 오래되었다. 밤새도록 차는 달리고 어둠의 허공 속으로 낯선 유령과 함께 날개를 단 듯이 끝없이 낡은 자동차는 하늘을 날고 있었다.

황홀한 일몰의 앤솔러지 *

강화江華, 그 이름이 말하듯 강화는 '강과 물이 빛나는 곳'이다. 열다섯 개의 크고 작은 섬으로 이뤄진 강화도는 간척사업이 이루어지기 전에는 마치 열다섯 연꽃 송이가 물에 잠긴 듯한 환상의 연안이었을 것이다. 생각만 하여도 가슴 설레는 풍경이 아닐 수 없다.

물빛이 주는 서정은 인간의 감성에 가장 예민한 생명의 촉수를 지니고 있다. 물에 비치는 빛의 환영은 시각에 자극되는 단순한 빛남과는 달리 인간의 내면에 깊이 스며드는 빛남이다. 젖은 물빛의 흐릿함과 그윽함이 우리 시각과 촉각을 자극해 올 때 우리 내면에 관조되는 침묵의 빛은 형언할 수 없는 명료함과 투명성으로 빛나기 시작한다. 그 절정은 일몰의 순간이다. 붉은 햇살이 바다에 닿아 다시 하늘을 물들이는 순간 그 물빛은 마치 온 세상이 꽃 속에 든 것 같은 숨 막히는 착각을 일으킨다. 아침 안개와 물보라 사이 거대한 해무의 군무를 이

---

*   안소로기아anthologia. 꽃을 모아 놓은 것에서 유래함.

루는 물빛은 생명의 찬란함을 주지만 사랑하고 보고 싶은 사람의 얼굴이 머릿속에 떠올라도 붙잡아 둘 수 없는 기억이듯이 그 어느 순간 감쪽같이 증발하고 만다. 그 사라짐 안에 인간의 잠든 깊은 우수가 까닭 없이 깨어난다. 마치 새벽빛에 잠든 만상이 눈을 뜨듯이 그 우수는 인간이 지닌 유한성의 깊은 비극에 맞닿아 있기 때문일 것이다.

강화는 동쪽으로 소금의 강, 염하鹽河를 끼고 김포반도와 마주하고 북으로는 한강, 임진강, 예성강의 세 강江이 흐르고 있다. 지구상 조석간만의 차이가 가장 심한 곳 중의 하나인 인천 앞바다에 세 개의 강이 흘러들고 있으니 그 만남의 기운이 지구상에서 가장 센 곳 중의 하나라는 것이 일반적 속설이다.

14개 면이 있는 큰 섬으로 이루어진 갯벌의 도시 강화도는 그 가운데 우뚝 솟은 바위 산, 마니산摩尼山이 그 중심에 있다. 마니산도 원래는 고가도古加島라는 섬이었다. 높지는 않으나 (468m) 그 어느 산맥에서도 파생되지 않은 독보적인 석산으로 국토의 중앙, 백두(천지)와 한라(백록담) 중간에 위치한 민족의 영산이다.

우리 민족은 이 산의 정상 참성단에서 겨레의 영화를 빌고 또 성화의 불을 밝혔다. 오늘날에도 이곳에서 채화하고 있다. 신비로운 생명의 물빛 기운이 생동하는 이곳 강화는 그야말로 화려한 물빛의 섬이고 그 생명의 정기 속에서 얻어낸 성스러운 생명의 불씨를 민족의 제전과 축제에 점화하는 것은 우리 민족의 깊은 정서가 깃든 성전盛典이다. 마니산摩尼山의 그 본래 이름이 마리산摩利山으로 '머리'를 뜻하는 우두머리 산 또는 '거룩한 산'이란 뜻을 지닌 마니산을 남쪽에서 정면으로 바라보는 지점에 동검도 채플이 자리 잡고 있다.

일몰의 저녁마다 이 작은 섬의 모퉁이 끝에서 멀리 수평선 끝에 닿는 마니산 자락은 서방에서 비쳐 오는 황혼의 빛은 차안此岸에서 저 불타는 서방의 피안彼岸 사이를 넘나드는 황홀한 대지의 불타는 제단에 바치는 일몰의 희생제가 거행된다. 그

누군가 텅 빈 영혼으로 저 황홀한 빛 속으로 몰래 숨어들 수가
있다면 그는 또 한 번 살아서 죽음 저 너머 언덕을 넘는 체험
을 하게 될지도 모른다.

무한한 흐름에서 건져 올린 침묵의 언어

이숭원 | 문학평론가, 서울여대 명예교수

조광호 신부님의 시문詩文은 영혼의 고백이요 신앙의 축원이다. 천지를 울리는 말씀의 근원이 영혼의 울림과 호응하여 발원하는 침묵의 메아리다. 신부님은 스스로 자신의 작품 활동을 '블루 로고스'라고 명명했다. '로고스'란 『요한복음』 도입부에 나오는 '말씀'의 헬라어로, 『요한복음』은 이 '로고스'가 곧 하나님이라고 기술한다. 『창세기』에 나오는 "하느님이 빛이 있으라 말씀하시니 빛이 있었다"의 그 '말씀'이 곧 로고스다.

조광호 신부님도 '로고스'가 "태초의 말씀이며 존재의 근원"이라고 설명한다. 우리가 볼 수 없고 들을 수 없지만 분명히 현존하는 신성한 섭리가 로고스다. 조광호 신부님은 자신에게 다가오는 그 현존의 계시를 공손하게 받아들여 미학적 상상력으로 재구성하여 표현한다. 그가 만든 조형물과 시문은 로고스의 투영물이다. 로고스를 받아들여 미학적으로 변환하는 과정을 그는 '푸름'의 형상에 비유했다. '블루 로고스'는 보이지 않는 말씀을 인간의 상상력으로 재구성한 창작품과 그 창작 과정을 지칭하는 조광호 신부의 미학적 용어다.

'블루 로고스'의 작업 속에는 현존의 초월과 내재, 영원과 순간이 교차한다. 그는 예술적 창조를 통해 로고스가 형상으로 빚어지는 극점을 포착하려 한다. 그러므로 그의 예술 창조는 초월과 영원의 자리인 로고스를 인간의 감각적 현실로 치환하려는 치열한 구도의 과정이다. 그의 시는 단순한 감정의 표현이나 언어의 배치가 아니라 영원의 말씀이 영혼에 닿는 그 희귀한 순간을 기록한 구도의 보고서다.

조광호 신부님은 강화도의 작은 섬 언덕에 호젓한 기도소를 마련하고 해가 뜨고 지는 모습과 썰물과 밀물이 오가는 모습을 보며 묵상의 시간을 보낸다. 강과 바다에는 많은 생명체가 끊임없이 움직이고 해와 달과 별은 잠시도 쉬지 않고 순환 운동을 계속한다. 이러한 자연의 흐름을 관조하면서 말씀의 진리를 찾는 일이 조광호 신부님의 일과다. 시문집의 제목이 '흐름 위에서'인데, '흐름'이라는 것은 단순한 자연의 변화가 아니라 자연의 변화를 통해 찾아낸 말씀의 섭리를 뜻한다. 무한한 흐름의 연속 위에 세상 만물이 피고 지고 온갖 인간사가 명멸한다. 그러한 변화의 연속에도 거대한 침묵의 흐름은 변하지 않는다. 여기 자연의 신비한 섭리가 있고 말씀의 위대한 가르침이 있다.

사람들이 관망하는 섬 주변의 풍광은 때로 아름다움을 안겨주고 때로는 아쉬움도 일으킨다. 찬란한 석양의 노을은 황홀한 설렘을 안겨준다. 빛의 속도로 계산하면 "1억 5천만 킬로미터를 달려와" 찬란한 정경을 펼쳐낸 것인데, 그 또한 십 분 안에 사라질 정경이다. 이것 역시 로고스의 표상에 해당할 텐데, 조광호 신부는 불교 용어를 가져와 그 정경을 "무상의 얼굴"이라고 칭한다. 찬란한 석양의 정경도 가변적인 것임을 암시한 것이다.

수도자도 인간이기에 희로애락의 감정이 끊임없이 일어난다. 텅 빈 바다를 보면 어떤 때는 젊은 날의 회한이 밀려들고 출가 이전 청춘의 슬픔도 묻어난다. 어머니에 대한 그리움도 강하게 솟아난다. 그러나 그러한 감정의 출렁임 역시 거대한 말씀의 섭리로 수렴되는 인간사의 조각일 뿐이다. 신은 우리에게 감상에 빠져들 권한을 주셨고, 다시 마음을 가다듬어 그것을 감당할 능력과 극복할 힘도 주셨다.

신부님의 철학적 명상에는 일상인에게 도움을 주는 지혜의 말씀도 포함되어 있다. 사람들은 어디론가 날고 싶은 비상의 꿈을 지니고 있는데, 비상을 시도한 존재는 대부분 추락의 쓰라림을 맛보게 된다. 그러나 신부님은 추락 속에서 소망을 건질 수 있다고 말한다. 신부님도 갯벌에 추락한 자신의 우울한 모습을 발견할 때가 있다. 그러나 거기 머물지 않고 "어린 시절, 눈을 감기만 하면/두 팔 벌리고 두 다리를 띄운 채/창공 어디든 자유롭게/날아올 수 있었던 그때처럼/나는 다시 광활한 우주의 극변 속으로/비상하기 시작한다"(「신의 숨결—동검도 비가 7」)라고 노래한다. 그의 추락은 좌절의 고통이 아니라 "하느님 너머의 하느님" 신의 가슴에 안기는 길이다. 그리하여 새벽의 어둠이 "이 세상 모든 빛의 원형질"임을 발견한다.

　그는 신비주의 철학자 마이스터 에크하르트의 "어둠은 빛의 어머니이며 침묵은 하느님의 첫 언어다"(「해무—동검도 비가 8」)라는 잠언을 지침으로 삼는다. 어둠에 좌절하지 않고 그 안에서 빛을 찾으면 되는 것이다. 상처의 기억 속에 스스로를 가두지 말고 자비의 무한한 품을 인지하고 보이지 않는 어둠 속에서 사랑의 실체를 찾기를 기원한다. "물 위를 걷는 사람은 언제나 물속에 빠질 위험 속에" 살지만, "빠져도 다시 건져 올려지는 은혜"를 얻게 된다. 그로 인해 "인생은 가는 곳마다, 머무는 곳마다 물 위를 걷는 연속"(「물 위로 걷는 사람」)임을 깨닫게 된다. 참으로 놀라운 로고스의 복음이다. 그래서 "물 밑으로 빠져도 그분의 손이 건져 올리시고 흔들림 속에도 은총이 깃들며, 무너짐의 끝에서 새로운 걸음이 시작된다는 것을" 말씀하셔서 우리에게 힘을 준다.

　자크 데리다의 말을 인용하여 사랑이 곧 죽음에 대한 애도라는 역설을 전한다. 사랑의 고백에는 이미 상실이 내재해 있다. 인간 세상에 영원한 현존이란 없으므로 "사랑은 늘 그 자체로 부재를 향한 속삭임,/아직 오지 않은 이별을 견디기 위한/가장 아름답고도 슬픈 기도"임을 일깨운다. 인간의 한계를 통찰하고 사랑이 애도의 형식임을 알 때 진정한 사랑이 시작된다. 사랑은 "함께 있는 바로 그 순간 그 자리에서/그 사람을 조용히 떠나보내고 있는 일이며,/애도란, 떠난 뒤에도 여전히 그를 사랑하고 있는 일이라는 것을"(「흐름 위에서 ─사랑, 그 애도의 꽃」) 알아야 진정한 사랑을 실천할 수 있다. 사랑과 애도가 동일체라는 것을 깨달으면 삶의 슬픔과 아픔도 많이 희석된다. 깊은 통찰은 말씀의 은총으로 이어져 우리의 무상한 육신이 안식을 얻을 수 있다.

우리는 조광호 신부님의 묵상 시집을 통하여 우리 영혼을 적시는 침묵의 말씀에 귀를 기울일 수 있다. 연약한 영혼의 틈 안으로 기도의 밝은 빛이 생생히 육화되어 푸른 로고스로 피어나는 것을 감득할 수 있다. 소망과 평화의 기쁨이 외로운 우리와 함께 있고, 감사와 참회의 눈물이 우리의 길을 밝힘을 깨닫게 된다. 이 모든 축복은 말씀에서 온다. 그 말씀은 태초에 하느님과 함께 계셨고 지금 우리 옆에 은밀히 다가오는 침묵의 음파다. 신부님의 시에 힘입어 말씀의 무한한 은총에 가장 낮은 마음으로 다가갈 수 있다. 말씀의 기적에 감사할 따름이다.

詩·書·畵의 삼위일체를 달성한
신부님이 지금 동검도에

이승하 | 시인, 중앙대 교수

신은 자비로운 분일까 냉정한 분일까. 성경을 읽을 때면 종종 헷갈린다. 시련을 줄기차게 겪는 욥의 슬픔을 달래주지 않았고, 40일 동안 홍수를 퍼부었고, 욕망의 바벨탑을 무너뜨려 엄벌을 주기도 했다. 이런 것을 보면 냉정한 분이지만 다윗, 다니엘, 요셉, 에녹에게는 한없이 자비로웠다. 화낼 때는 무섭지만 평소에는 인자하기가 호수 같은 분인데 해방공간에 강원도 삼척에서 태어난 한 소년을 눈여겨본 것이리라. 철저한 유가 집안에서 태어난 소년 광호는 집안의 질서에서 이탈했다. 바다가 보이는 천주교회에 가서 놀기도 하고 미사도 슬쩍 구경하고….

  고등학교 1학년 때면 입시를 슬슬 준비해야 할 때인데 사람은 왜 사는가, 왜 죽는가, 나는 누구인가, 신은 어떤 분인가…. 온갖 의문이 머리를 헤집으며 괴롭히는 것이었다. 집 바로 앞에 있는 천주교회의 서가에 꽂혀 있는 문고판 책들을 읽기 시작했다. 문리가 조금씩 틔어갈 무렵 양노엘 아일랜드 신부를 만났다. 그는 30대였다.

　노동운동을 하던 신부는 한국에서 추방되어 미국에 가서 한인들 앞에서 사목을 하다가 돌아가셨다. 양노엘 신부는 아마도, 이 세상에는 이기적인 인간과 이타적인 인간이 있다고 말해주지 않았을까. 고통받는 사람들을 위해 일하는 이의 뜨거운 삶, 우리 사회의 부조리를 바로잡으려는 이의 치열한 삶은 바로 예수님의 생애와 겹치는 부분이 많았다.

　광호 군은 요동치는 삶에 대한 의문과 그 시대에 가장 고통받는 노동자들의 삶을 몸소 체험해 보고자 고작 고등학교 1학년 학생인데 방학 때 노동판에 뛰어들었다. 산의 돌을 바닷가로 갖고 와 바다를 매립하는 공사판의 일을 하루 10시간씩 했다. 그런데 한 달 일하고 임금을 보름치밖에 못 받고 노동자들이 우는 것을 보았다. 그때 결심했다. 나의 인생 문제와 우리 사회의 부조리 문제를 함께 해결하려면 신에게 물어보아야 한다. 그래서 신앙생활을 열심히 하게 되었다. 바로 그때 한 노동자가 이런 말을 했다.

　"돌을 피하지 마. 돌을 피하다가는 맞게 돼. 무심히 일을 하다 보면 돌이 피해 가."

　따지지 말고 믿다 보면 인생의 잡다한 고민은 사라지게 돼 있어. 그런 말로 들리지 않았을까. 땀 흘리며 일하니까 고민이 사라지는 게 신기했다. 두 번의 방학을 노동판에서 보냈다. 철

공소에서 프레스 깨는 작업도 했다. 동네에서도 집안에서도 이런 행동을 하는 광호 군을 이상하게 보았다. "어린 게 돈독이 올랐나?" 이런 말을 하는 이도 있었지만 어떤 부모는 이렇게 말하며 자식을 꾸지람했다. "쟤는 저렇게 열심히 일하면서 집안을 돕는데 너는 도대체 뭐하니?" 친구들이 별유천지에 사는 광호를 피하게 되었다.

매일 코피를 흘리면서 자신의 몸을 혹사한 이유가 있었다. 자신에게 엄습한 인생살이의 온갖 고민을 해결할 방도가 없어서였다. 마침내 결심했다. 신부가 되어야겠다고. 가톨릭대학교 신학과에 가려고 하자 어머니와 둘째 형이 완강히 반대했다. 아버지는 일찍 돌아가셨고 첫째 형은 한국전쟁 때 전사했다. 어릴 때부터 그림을 잘 그린 광호가 건축가가 되기를 바란 둘째 형은 가슴이 미어졌을 것이다.

그런데 신학대학생 조광호는 1973년부터 75년까지는 프랑스 화가 앙드레 부통 신부의 조수로 판화와 벽화를 배웠고, 1976년에는 광주의 대건신학대학에서 동양화를 연구했다. 그 뒤 1977년에 신학과를 졸업하고 1979년에 성 베네딕도 수도회에서 사제 서품을 받는다.

1980년대, 30대였다. 1980년부터 81년까지 필리핀 마닐라의 극동 사목연수원에서 매스미디어 연구에 몰두했다. 1980년부터 83년까지 한국천주교중앙협의회 출판국장으로, 한국천주교 200주년 기념 기획위원으로 일했다. 그 와중에 그는 최초의 개인전을 서울 동덕화랑에서 연다. 1982년이었다. 1인 4역의 삶이었다. 그림에 대한 그의 열정은 그 누구도 가늠키 어려웠다.

조광호 시몬 신부의 영혼은 어디에 조용히 은거해 있을 수 없었다. 마침내 1985년, 천주교회 어른들의 권유로 미술 공부를 본격적으로 하기 위해 비행기를 탄다. 1985년부터 1990년까지 독일 뉘른베르크대학과 같은 대학의 대학원을 졸업한다. 그는 신학 공부를 하는 한편 작업실에서 실신할 정도로 열정을 불태우며 미술 재료 및 전통 이콘화와 벽화를 연구했다. 오스트리아 빈과 독일 잘츠부르크에서는 동판화 및 유리화를 연구했다. 유학 시절에도 한 손에는 성경을 들고 한 손에는 붓을 들고 있었으니 대학생인지 미술가인지 신도 그 누구도 알 수 없었다.

두 번째 개인전은 1987년 독일 오펜바흐에 있는 갤러리 로젠버그에서 열렸다. 세 번째 개인전은 독일 뮌스터슈바르차흐에서, 네 번째 개인전은 독일 뉘른베르크의 퍼크하이머하우스와 니트노K센터에서 열렸다. 1989년에는 잘츠부르크 여름 국제 판화전에 참여했다. 조광호 신부는 어느새 독일에서 명망 높은 미술가가 되어 있었다. 신은 더욱더 헷갈렸다. 이 친구는 화가인가 판화가인가 조각가인가. 도대체 몇 개 우물을 파고 있는가.

1990년에 귀국한 이후에 10여 차례의 단체전과 10여 차례의 개인전을 열었는데 그때마다 출품한 작품들은 엄청난 노동력이 투여되어야 나올 수 있는 작품들이었다. 특히 전국 여러 천주교회에 설치되어 있는 성화 스테인드글라스는 국보급이라고 해야 할까? 소품도 계속해서 나왔지만 작업에 긴 시간을 요하는 대작들이 나왔다. 부산 남천주교회 유리화, 숙명여대박물관 로비 유리화, 서울지하철 2호선 당산철교 구간 대형벽화, 연세대학교 송도국제캠퍼스 교회 스테인드글라스, 서소문성지 기념탑 등을 완성했다. 2002년부터 인천가톨릭대학교 조형예술학과 교수로 강단에 서 미술대학의 기초를 다졌고 정년퇴임하기 전에는 다년간 학장을 했다.

그런데 내가 존경해 마지않은 구상 선생님은 조광호 신부를 화가로 내게 소개하지 않고 시인으로 소개하는 것이었다. 구상 선생님께서 생전에 "인천가톨릭대학교에서 교수하는 신부님이 있는데 시를 잘 써. 내가 등단을 아무리 채근해도 자긴 그럴 재목이 아니라고, 심심파적으로 쓴다고만 해."라고 말씀하셨는데 바로 조광호 신부님이었다. 내가 감히 등단을 안내

할 수는 없었다. 구상 선생님이 혀를 차면서 "고집이 세어 어디 투고하여 심사받고 당선소감 쓰고 하는 것 못하겠다니 쯧쯧." 문예지가 아닌 지면에 간간이 발표하는 것을 보고 안타까워하셨는데 시집을 묶는다고 하니 하늘나라에서 껄껄 웃으시겠다.

詩·書·畵의 삼위일체를 이룬 이가 여기에 있다. 조수간만의 차이라고 할 수 있을까, 詩·書·畵 세 가지가 다 부드러우면서도 날카롭고, 잔잔하다가도 차오른다. 시는 부드러운 편이고 書는 아주 날카롭고 畵는 호방하다. 특히 畵는 바다를 보며 자라서 그런지 파란색이 아주 다채롭게 펼쳐진다. 색을 구태여 이름을 붙이면 '블루 로고스'였다. 창조적 설렘으로 다가서는 '하느님의 눈빛'이 여러 작품의 주제였다.

천주교에서 신은 한 분이다. 삼위일체라는 말도 성부, 성자, 성령의 세 위격이 하나의 실체인 하느님 안에 존재한다는 뜻이다. 그러니 신은 얼마나 바쁘실까. 러시아–우크라이나 전쟁을 나 몰라라 하고 외면할 분이 아니다. 지금은 가자지구에 머물고 계시리라. 이스라엘과 팔레스타인의 싸움을 영영 멎지 않을 것인가. 그래서 신은 예술가의 창의적인 행위와 일탈을, 재창조와 파괴를, 실험과 혁명을 용인한 것이 아닐까. 신은 창조주이지만 예술가는 창작자다. 신의 예정조화가 잘 통하지 않는 세계가 예술의 세계다. 그래서 맡긴 것이다. 알아서 그리라고.

조광호 시몬 신부님은 도대체 몇 개의 얼굴을 갖고 있는 것일까. 천주교 사제로서 전국에서 가장 작은 동검도 성당에서 미사를 집전하고 있지만 스테인드글라스 화가로서 이 땅의 수많은 성당에 신비로운 빛을 비춰주고 있다.

바다 색깔을 화폭에 담고 싶은 회화로부터 시작되었다. 1982년 첫 개인전에서 시작된 붓놀림은 이제 40년을 넘어섰다. 하느님은 신부님의 손에 펜까지 쥐어 주었다. 시를 쓰면서 삼라만상의 의미를 캐냄으로써 독자의 가슴을 벅차오르게 하고, 논객이 없는 이 시대에 평필을 휘둘러 간담을 서늘하게 한다. 우리 사회의 모순과 부조리에 대해서만 질타할 뿐 아니라 천주교회 내의 고칠 점, 신앙인의 참된 자세에 대해서도 죽비를 내리치고 있다.

특히 시는 우리 현대시의 고질병인 난해함과 운율 상실, 장형화와 독백조를 모두 거부하고 자기 자신만의 언어 세공법을 고안하여 때로는 촌철살인을, 때로는 천의무봉을 보여준다. 동검도에 정착하고부터는 시가 더욱 세련되고 날렵해졌다.

몇 년 전에는 작업하기 좋은 공간을 마련했다. 동검도 풍경은 물이 들어오고 나감으로써 아침과 낮이 확실히 다르고 어제와 오늘이 확연히 다르다. 성당 언덕에서 내려다보면 강에 서는 생명체들이 꿈틀거리고 있고 올려다보면 달과 별이 영원 회귀를 애기해주고 있다. 詩·書·畵 중에서 앞으로 어느 것에 더 비중을 두어 작업할까. 내 예감이 틀림없다면 세 가지 다 공평하게 잘해나갈 것이다. 하느님은 계속 헷갈릴 것이다. 짜 식, 도대체 사제인 거야 예술가인 거야. 미술도 도대체 몇 가 지를 하고 있는 거야. 아무튼 고1 때부터 힘은 좋더라니.

예수님의 행적은 영광의 길이 아니라 박해와 고난의 연속이 었다. 십자가를 지고 가는 예수님의 뒤를 한 손에는 붓을 쥐고 한 손에는 펜을 쥐고 따르고 있는 조광호 신부의 고뇌에 찬 육 성을 들으며 나는 감동에 사로잡혀 푸르르 전율한다.

흐름 위에서

초판 1쇄 인쇄	2025년 11월 18일
초판 1쇄 발행	2025년 12월 15일
지은이	조광호
펴낸이	정해종
펴낸곳	(주)파람북
출판등록	2018년 4월 30일 제2018-000126호
주소	경기도 파주시 회동길 480 아트팩토리엔제이에프 B동 222호
전자우편	info@parambook.co.kr
인스타그램	@param.book
페이스북	www.facebook.com/parambook/
대표전화	031-935-4049
편집	현종희
디자인	이승욱
ISBN	979-11-7274-070-2 03810